Strange Village

Strange
Village

Jan Trouw

www.jantrouw.de
Instagram: @jantrouw.writer

Bibliografische Information der Deutschen Nationalbibliothek: Die Deutsche Nationalbibliothek verzeich-
net diese Publikation in der Deutschen Nationalbibli-
ografie; detaillierte bibliografische Daten sind im Internet über dnb.dnb.de abrufbar.

© 2024 Jan Trouw

Verlag: BoD · Books on Demand GmbH, In de Tarpen 42,
22848 Norderstedt
Druck: Libri Plureos GmbH, Friedensallee 273,
22763 Hamburg
ISBN: 978-3-7597-2298-0

Vader Jacob! Vader Jacob!
Slaapt gij nog? Slaapt gij nog?
Alle klokken luiden! Alle klokken luiden!
Bim, bam, bom! Bim, bam, bom!

Kinderlied

1

Vier Scheinwerfer tasteten sich durch den dunklen Wald und erfassten ein stillgelegtes Gleis. Es tauchte – wie aus dem Nichts – von einer Seite auf, schlug zwei Furchen durch die schmale Straße und löste sich auf der gegenüberliegenden Seite wieder auf. Das Gleis hatte einst den Ort mit der Außenwelt verbunden, doch die Natur war auf dem Vormarsch; und bereit, ihr Enteignetes zurückzuholen. Beim holprigen Überqueren hüpften die Scheinwerfer kurz auf und ab. Erst am Rande des Waldes, nahe dem Ortseingang, gab sich das fauchende Fahrzeug zu erkennen: ein 1978er Cherokee Chief. Die Einsatzleuchte ruhte auf dem Dach, die Funkantenne wackelte bei jeder Unebenheit; und auf der Motorhaube zierte ein Sheriffstern. Das Gefährt war den Nachtgestirnen schutzlos ausgeliefert. Im Lack reflektierte der blutrote Vollmond.

Am Ortseingang erfassten die Scheinwerfer ein heruntergekommenes Schild:

HER L H W LLKO MEN
ie We t hat u s ve gessen!

Die beiden Zusatzscheinwerfer am Kühlergrill erloschen. Sie wurden nicht mehr gebraucht. Andere Lichtquellen zeigten jetzt den Weg. Der helle Strahl des Leuchtturms wanderte gleichmäßig im Kreis umher und holte – wie die Laternen entlang der Straße – die Stadt teilweise aus der

Dunkelheit hervor. Abgesehen von ein paar Motten, die um die Laternen schwirrten, wirkte das Städtchen abgeschieden und – tot. Allein das Rauschen des Ozeans, das über die Klippen hinweg zu hören war, trübte die Stille.

Der Sheriff strich mit dem Zeigefinger durch seinen ungepflegten Oberlippenbart. Er müsste diesen mal wieder stutzen, aber die Sorgen, die rund um die Uhr auf ihn einhämmerten, ließen ihn kleine Dinge wie eine Rasur vergessen.

Am Straßenrand poppte die Kirche auf. Das am Kirchenturm hängende Kreuz Christi hatte seine Spitze eingebüßt; es hatte nichts Göttliches mehr an sich. Es glich mehr dem T-Logo einer fiktiven Supermarktkette. Das Mauerwerk des Gotteshauses, das seit Langem keinen Handwerker mehr gesehen hatte, hielt wie ein Wunder zusammen; die einst bunten Fenster waren vergilbt und löchrig. Und die Nachrichtentafel am Eingang hatte schon lange nichts mehr zu vermelden. Keine Buchstaben, Zeichen oder Zahlen schmückten diese. Weder der nächste Gottesdienst noch eine andere gemeinschaftliche Zusammenkunft wurde angekündigt.

Als der dürre Priester aus der Kirche heraustrat, bremste der Ordnungshüter das Fahrzeug auf Schrittgeschwindigkeit herunter. Der Geistliche führte das kleine Kreuz Christi, das an einer feinen Kette vor seiner Brust hing, zu den Lippen und ließ sie miteinander berühren, dann nickte er dem Gesetzeshüter zu. Dieser zeigte jedoch keine Regung und fuhr weiter.

Das Fahrzeug schwebte wie ein Fremdkörper durch den geisterhaften Ort, es folgte dem Verlauf der aufgeplatzten Straße, vorbei an verwilderten Vorgärten und grauen Häusern mit Rissen in den Fassaden.

Als der Cherokee auf den einzigen Laden des Städtchens zufuhr, erfassten die Scheinwerfer eine Frau, die vor dem Geschäft auf einer Hollywoodschaukel saß. Unter ihrem linken Auge zierte eine vertikal verlaufene Narbe. Obwohl das Licht sie blendete, wand sie sich von diesem nicht ab. Erst als der Wagen stoppte, der fauchende Motor verstummte und die Scheinwerfer sich verdunkelten, lockerten sich ihre Gesichtsmuskeln. Sie wirkte apathisch und hilfsbedürftig. Ihre makellose Haut sagte dem Beobachter, dass sie jung war, ihre weißen Haare wiederum eher alt. Und aus ihren Augen sprach das gebrochene Herz.

Der Sheriff wusste um ihr wahres Alter; um ihren Verlust. Es stimmte ihn traurig. Er fühlte ihr nach, denn er wusste, dass der Verlust des eigenen Fleisches und Blutes einem die Lebenskraft rauben konnte; sogar einen Teil der Seele.

Die Öffnungszeit des Ladens war längst überschritten, doch im Inneren brannte Licht. Es fand eine Ratsversammlung statt. Vor langer, langer Zeit hatten diese im Rathaus stattgefunden, aber an dem Tag, an dem der Bürgermeister des einst idyllischen Ortes vom Erdboden verschluckt wurde, verschwand auch das Gebäude. Die wenigen Bewohner, die dem Spektakel beigewohnt und dieses überlebt hatten, verstanden bis heute nicht, was an diesem mysteriösen Tag geschehen war.

In seinen Gedanken versunken, glitt der Sheriff mit den Fingern durch den Oberlippenbart. Sie würden nicht eher zur Ruhe kommen, bis er ihnen die Nachricht übermittelte. Er schnappte sich den Sheriffhut vom Beifahrersitz, stieg aus und befreite den Kühlergrill von Schmutz und Gras. Nicht, weil es ihn störte, sondern um Zeit zu gewinnen. Die

Ratsmitglieder würden schon früh genug erfahren, was geschehen war.

Er ging auf die Frau auf der Hollywoodschaukel zu und legte seine Hand auf ihre Schulter. Beim Blick in seine traurigen Augen senkte sie enttäuscht den Kopf. Dann widmete er sich der lebhaften Diskussion im Laden. Anstatt hineinzugehen, stellte er sich neben die leicht geöffnete Tür und lauschte. Jede einzelne Stimme war gut zu verstehen; und ihm vertraut. Die Ratsmitglieder waren so sehr in ihrem Schlagabtausch vertieft, dass sie seine Ankunft nicht bemerkt hatten.

„Das schaffen die nie! Das hat noch niemand bisher!", sagte eine dünne Stimme. Sie gehörte Mr. Smith. Seine Frau und er führten den Laden. „Das nimmt einfach kein Ende."

„Wo bleibt eigentlich unser so *großartiger* Sheriff?", fragte Mr. Wooter, der Chef der Holzfällertruppe. Sein tief aggressiver Ton war furchteinflößend.

„Wir dürfen die Hoffnung nicht aufgeben", hielt eine weibliche Stimme dagegen. Ihr Klang erwärmte das lauschende Sheriffherz.

„Samantha hat Recht. Eines Tages wird er dermaßen beschäftigt sein, dass er abgelenkt ist, und wir …"

Der Sheriff hatte genug gehört. Er schlich sich um das Gebäude, zum dahinter gelegenen See, in dem sich der Vollmond spiegelte. Die Bilder gingen ihm nicht aus dem Kopf. All die Jahre, seit Bürgermeister Mounte-Pennys Verschwinden, hatte er einiges mit ansehen müssen, aber die letzten Zwischenfälle nahmen perversere Dimensionen an.

Diesmal war es ein 1986er Ford Taurus Wagon. Der Kombi hatte den Raimonds gehört, ein junges Pärchen aus Chicago. Sie waren letzte Nacht panikartig davongefahren, nachdem sie ihren Wagen frisch repariert zurückbekommen hatten. Mr. Baker hatte noch versucht, sie von ihrem Vorhaben, nach Hause zu fahren, abzubringen, doch Mr. Raimond hatte erwidert: „Tut mir leid, Mr. Baker. Der Ort bringt uns um. Wir fahren. Haben Sie vielen Dank für alles."

Der Sheriff spielte mit dem Hut in seinen Händen, machte sich Vorwürfe. Aber was er hätte er tun sollen? Wäre er ihnen gefolgt, würde er jetzt – wie das Pärchen – verstreut im Wald herumliegen und nicht hier am See grübeln. Auch ihn hätte es erwischt. Vielleicht aus Versehen, vielleicht auch nicht. Auf jeden Fall tot. Er musste endlich eine Lösung finden, damit all das aufhörte.

Wie buntes Konfekt hatten die auseinandergerissenen Gliedmaßen und Innereien der Raimonds auf dem Waldboden gelegen; wie auch Teile des Kombis. Ein Pfad der Verwüstung. Sheriff Baker hatte den Unfallhergang anhand der Spuren rekonstruiert. Der Wagen hatte mehrere Bäume gestreift und dabei Karosserieteile verloren. Ein großer Baum war am Ende ihre Erlösung. Der Stahl hatte ihre Knochen durchbohrt, und der warme Motor sich mit ihren Körpern verschmolzen. Die Armatur hatte ihre Beine zerquetscht, und die Frontscheibe ihre Gesichter zu einem mosaikartigen Gebilde zerschnitten.

Der Sheriff war sich sicher: Die Dampflok hatte die Raimonds ohne Vorwarnung erfasst und in die Dunkelheit des Waldes mitgeschliffen.

„WAS?!"

Der Sheriff erschrak. Sein Hut landete im Gras. Es durchfuhr ihn kalt über den Rücken. Irgendjemand hatte ohne Vorwarnung seine linke Schulter berührt.

„Entschuldigen Sie, Sheriff, ich wollte Sie nicht erschrecken", sagte eine männliche Stimme hinter ihm.

„Ist Ihnen aber gelungen, Vater!" Schwer atmend, verstärkt durch den festanliegenden Gürtel, der sich in seinen Bauchansatz drückte, bückte sich Mr. Baker nach unten, griff nach seinem Hut und setzte ihn sich auf.

Der dürre Priester, dessen Gesicht durch einen schwarzen Hut verborgen blieb, stellte sich neben ihn. Beide blickten auf den See.

„Sie waren so sehr in Ihren Gedanken versunken, dass Sie meine Vorwarnung nicht gehört haben."

„Woher wussten Sie, dass ich ...?"

„Dass Sie hier sind? Bei meiner Ankunft habe ich Ihren Wagen vor dem Laden parken sehen, Sie aber nicht in der Ratsrunde erblickt. Somit wusste ich, wo ich Sie zu finden habe. Das machen Sie immer, wenn Sie ein wenig Zeit für sich brauchen, ehe Sie ... zu uns stoßen. Sie stehen dann gern hier, atmen einmal durch und verkünden uns sodann die schlechten Nachrichten."

„Sie hätten das Ausmaß im Wald sehen sollen, Mr. Medley. Ich werde mich nie daran gewöhnen. Das ist kein Kinderspiel mehr." In Mr. Bakers Kopf spukten immer wieder die Bilder vom Tatort umher.

Priester Medley legte seine Hand auf Mr. Bakers Schulter. „Kommen Sie, die Anderen warten schon auf uns. Gott ist mit ..."

„Stopp! Bitte!", unterbrach der Sheriff ihn mit gehobener Handfläche, um den Worten mehr Ausdruck zu verleihen. „Bitte lassen wir das! Nicht falsch verstehen, aber bei *IHM* bin ich momentan nicht sicher, auf wessen Seite *ER* ist!"

„*ER* ist auf unserer Seite." Der Geistliche hob seinen Kopf in den Himmel, und der Vollmond legte das knochige Gesicht unter dem Priesterhut frei.

Sie gingen in den Laden, wo Mr. Medley sich zu den anderen setzte. Mr. Baker blieb im Türrahmen stehen und wurde von einer jungen Frau mit dunkelblonden Haaren empfangen. Sie kam auf ihn zu und umarmte ihn herzlich.

„Zum Glück ist dir nichts passiert, Dad!"

„Samantha!"

Die Ladenbesitzer Mr. und Mrs. Smith begrüßte er mit einem dezenten Nicken. Mit ihren übergroßen kreisrunden Brillengläsern sahen die beiden Alten aus wie eineiige Monchichis.

„Haben die Raimonds es geschafft, Sheriff?", fragte Mr. Wooter. Die zwei Meter große, breitschultrige Erscheinung des Holzfällers war genauso furchteinflößend wie dessen Stimme.

Sheriff Baker schwieg. Seine müden Augen scannten die überschaubare Ratsrunde und blieben bei Samantha stehen. An dem Tag, an dem Bürgermeister Mounte-Penny verschwand und die Stadt ihren Glanz verlor, hatten sich die meisten Einwohner in Luft aufgelöst. Die Übriggebliebenen verstanden bis heute nicht, warum sie noch da waren; und nicht verschwunden. War es Gottes Wille oder war es das Werk des Teufels?

„Haben die Raimonds es geschafft?", fragte Mr. Wooter erneut. „Sind sie durch den Wald gekommen? Sind sie auf dem Weg zurück nach Chicago?"

Mr. Baker lehnte sich gegen den Türrahmen und hielt sein Schweigen aufrecht.

„So eine verfluchte Sch…!" Mr. Wooter sprang vom Stuhl auf. „Wann hört das endlich auf? Was hat uns Mr. Mounte-Penny mit seinem *Heiligen Experiment* eingebrockt? Wo ist dieser Bastard hin? Irgendwann muss es doch jemanden geben, der es schafft, von hier zu wegzukommen."

„Wir wissen nicht, wo Mr. Mounte-Penny ist. Das weiß nur der *HERR*", versuchte Priester Medley den Holzfäller mit sanfter Stimme zu besänftigen, doch seine Worte brachten Mr. Wooter weiter in Rage.

„Der HERR? Wo ist denn dein HERR? Mr. Mounte-Penny, dieser Bastard, ist der EINZIGE, der Antworten auf unsere Fragen hat. Er hat uns diese verfluchte Scheiße erst eingebrockt."

Dann, ganz plötzlich, hielt er inne. Sein aggressiver Gesichtsausdruck verschwand. Ein Ureinwohner mit versteinerter Miene hatte sich an den im Türrahmen stehenden Sheriff vorbeigedrängt und in die Mitte der Ratsrunde gestellt. Die raue Haut verriet sein fortgeschrittenes Alter. Das rote Stirnband verhinderte, dass seine langen grauen Haare ins Gesicht fielen und die Augen verdeckten. Um seinen Hals baumelte eine Halskette mit einem Seeadler-Medaillon. An den Füßen, auf dem nackten Oberkörper und auf der Hose aus Hirschleder klebte Blut. Der Ureinwohner schaute schweigend in die Runde und ließ seine Mitbringsel auf den Holzboden fallen: ein Lenkrad und ein Schuh, aus dem ein Fuß mit etwas Schienbein herausschaute. Anschließend drehte er sich um und verließ den Laden.

Die Bewohner des kleinen Städtchens nannten ihn Silent Dog. Den Namen hatte er aufgrund seiner kommunikativen Eigenschaft des Schweigens und wegen der zahlreichen Hunde erhalten, mit denen er zusammenlebte. Je mehr er schwieg, desto lauter bellten diese. Er besaß ein Grundstück außerhalb des Städtchens, das tief in den Wald hineinragte und am tosenden Ozean grenzte. Die einen sagten, er sei von einem Tag auf den anderen erschienen und habe sich hier niedergelassen. Andere meinten, er hätte schon vor der ersten Besiedlung durch die Europäer hier gelebt. Aber niemand konnte das so genau sagen. Gerüchte waren manchmal stärker als die Wahrheit.

„Die Raimonds haben das Spiel mit der Dampflok verloren", sagte Mr. Baker, während er Silent Dog hinterherschaute.

2

Er stand nur ungern im Rampenlicht, aber berufsbedingt ließ sich das nicht vermeiden. Alle Augen waren auf ihn gerichtet. Besonders dann, wenn ein neues Buch von ihm erschien. Aber an diesem Abend, keine zweiundsiebzig Stunden bevor sein Leben auf den Kopf gestellt werden sollte, stand jemand anderes im Rampenlicht.

Für die Lesung in der kleinen Buchhandlung in Manhattan waren hundertfünfzig Stühle aufgestellt worden, und ganze zwanzig Leser und Leserinnen waren erschienen. Darunter auch der Unruhestifter, der in der letzten, fast unbesetzten Reihe aufgesprungen war und mit einem Buch des Autors in der Hand seinen Unmut herausbrüllte. Seine Stimme war penetranter als ein hupender Autofahrer in New York.

„Für so etwas bekommen Sie auch noch Geld? Wissen Sie, wie viele Stunden ich in der Woche schuften muss, um meine Familie zu ernähren? Und Sie? Sie schreiben ein Buch von dreihundert Seiten und verdienen Millionen. Schämen Sie sich, Mr. Vremdalleen."

„Ich wünschte, es wäre so, Sir. Millionär bin ich bei Weitem nicht", erwiderte Luke Vremdalleen.

„Sie lügen! Ihre Bücher stehen überall in den Buchläden herum, und man hat Ihnen diese Auszeichnung verliehen. Diesen … ähm …"

„Sie meinen den International Thriller Award?"

„Genau. Und ich? Ich bin nicht einmal Vater des Jahres!"

„Wie heißen Sie, Sir?", wollte Luke Vremdalleen wissen, doch da setzte der Mann sich schon in Bewegung, marschierte um die Stuhlreihen herum nach vorn und knallte das Buch auf den Tisch, an dem der Autor saß. Dann schrie er diesem förmlich ins Gesicht: „Warum wollen Sie wissen, wie ich heiße? Ist das wichtig? Ich bin ein Nichts. Ein Niemand. Niemand, der mich kennt. Einfach nur ein Versager, der versucht, seine Familie zu ernähren."

Dann folgte der Mittelfinger.

Man sah es dem Autor, der den Mann ruhig und mitfühlend anschaute, äußerlich nicht an, aber sein Körper aktivierte den Verteidigungsmodus; der Stresspegel stieg.

Der protestierende Mann blickte um sich, blickte in die Gesichter der anderen Besucher und hoffte, in diesen irgendeine seelische Unterstützung zu finden. Ein leichtes Nicken etwa, oder Betroffenheit in deren Augen. Aber mitnichten. Niemand sagte etwas, niemand ergriff Partei. Peinliche Stille. Die gegenwärtige Situation glich einer Pattsituation, die nur aufgelöst werden konnte, indem jemand einlenkte. In diesem Fall war es der Verursacher selbst. Der Familienvater wich einen Schritt vom Tisch zurück, blickte erneut in die Runde und nickte leicht; mehr zu sich selbst. Sein Auftritt war vorbei. Er stellte den Protest ein und verließ den Laden.

Luke blickte dem Mann beim Hinausgehen hinterher. Er kannte den Mann nicht, aber er verstand dessen Wut und Verzweiflung und fühlte mit ihm. Aber bei allem Respekt, auch er hatte, wie so ziemlich jeder, persönliche Probleme. Diese waren jedoch irrelevant. Es sei denn, sie waren einem Skandal dienlich. Die Medien würden jeden Fehler von ihm vor Millionen von Menschen kundtun. In den Tageszeitungen, in den Abendnachrichten; und im Internet sowieso.

Autor zu sein, war dennoch sein Traumberuf. Den vorhin erwähnten International Thriller Award hatte man ihm für sein Buch *Das Volk der Finsternis* verliehen. Der Nachfolger *Die geheimnisvolle Mauer* verkaufte sich ebenfalls sehr gut. Auch wenn er von den Buchverkäufen sorgenfrei leben konnte, Millionär war er bei Weitem nicht. Er verstand sich eher als Handwerker. Er musste genauso arbeiten und liefern wie Mechaniker, Banker, Bäcker oder Lehrer. Die Fans erwarteten ständig neues Futter.

Seine Gefühle waren zweitrangig. Bei Lesungen musste er raus auf die Bühne und gute Stimmung verbreiten, ganz gleich, ob vor tausend Menschen – wie zu Zeiten der ersten beiden Bücher – oder – wie an diesem Abend – vor zwanzig Leuten in einer kleinen Buchhandlung, weil er sich von der Buchhändlerin dazu überreden lassen hatte. Er hatte seit gut zwei Jahren keine Lesung mehr gehalten und sich mit der heutigen Veranstaltung einen kleinen Motivationsschub erhofft. Seit diesen genannten zwei Jahren fand er einfach keine zündende Idee für sein nächstes Buch. Sein Agent und der Verlag machten bereits Druck. In spätestens sechs Monaten habe er ein Manuskript vorzulegen, ansonsten könne er einpacken.

Glücklicherweise war er nur für sich selbst verantwortlich. Er hatte keine Kinder wie der aufgebrachte Familienvater eben, und eine Frau hatte er auch nicht. Eigentlich schon, Victoria, andererseits aber auch wieder nicht.

Irgendwie.

Beziehungsstatus: Es ist kompliziert.

Nein, nicht an Victoria denken. Nicht jetzt. Bleib professionell!

„Entschuldigen Sie die Unterbrechung, Mr. Vremdalleen,

und auch Ihnen, liebe Gäste", sagte die Buchhändlerin peinlich berührt, „aber ich denke, wir machen da weiter, wo wir aufgehört haben. Einverstanden?"

Luke nickte, wie auch die Anwesenden, die sodann seinen Worten lauschten. In der anschließenden Fragerunde kamen die zu erwartenden Fragen wie „Wie kamen Sie zum Schreiben?" oder „Wie finden Sie den richtigen Stoff für Ihre Thriller?". Aber die Masterfrage war stets die, ob er ab und wann eine Schreibblockade habe, die er stets mit „Depressionen, Alkohol, Drogen und Nutten." beantwortete. Das Publikum fasste dies natürlich als einen Scherz auf, und im Grunde war die Aussage auch ein Witz. Eine Übertreibung. Er nahm keine Drogen, und mit Nutten verkehrte er auch nicht, aber depressive Phasen waren ihm vertraut, die er mit Whiskey besänftigte. Er glaubte nicht an Schreibblockaden. Der Bäcker blieb ja auch nicht mit einer Backblockade im Bett. Und eine Mutter konnte ihrem Kind nicht sagen, sie habe eine Erziehungsblockade.

Dass sein Schreibfluss derzeit deutlich gehemmt war, gestand er sich selbst ein, aber nicht gegenüber den Lesern. Bis vor zwei Jahren war das Schreiben ein Leichtes gewesen. Als ob eine fremde Kraft ihn geführt und die Werke für ihn geschrieben hätte. Ganz anders heute. Jeder Tag bedeutete eine Qual.

Diese Qual setzte sich am Tag nach der Lesung in der Buchhandlung in Manhattan fort. Mit der Gewissheit, dass auch an diesem Tag kein Wunder geschehen würde, setzte er sich an den Schreibtisch und fuhr den Laptop hoch. Schon kurz darauf wartete der blinkende Cursor auf die Eingaben des Autors. Doch das virtuelle Papier blieb leer.

Warum fand er keine Geschichte für sein nächstes Buch?

Er saß doch am selben Schreibtisch, an dem er seine ersten beiden Bücher geschrieben hatte, hier in diesem Arbeitszimmer des Stadthauses in Greenwich Village. Jene Nachbarschaft, in der Victoria und er sich wohlgefühlt hatten. Der europäische Charme des Viertels ähnelte ihren Geburtsstädten London und Amsterdam: lückenlos aneinandergereihte Stadthäuser, schmale Straßenzüge und kleine Bäume. Sie hatten oft in den Cafés und im Washington Park gesessen oder waren regelmäßig über die Flohmärkte geschlendert.

Luke löste sich vom Laptop und blickte in eines der Bücherregale, in dem die Bobbleheads von Derek Jeter und Mariano Rivera, zwei Baseballspieler der New York Yankees, standen. Dann scannte er sein kleines Arbeitszimmer mit den vollen Bücherregalen und Auszeichnungen an der Wand und stoppte bei einem Foto, auf dem eine junge schlanke Frau abgebildet war. Ihre langen braunen Haare waren nach hinten zusammengebunden. Eine Momentaufnahme kurz vor ihrem ersten Karriereauftritt, wo sie ihrer glorreichen Zukunft noch entgegensah. *Victoria.*

Alles war so perfekt, bis Victoria mit Mitte dreißig am Boden zerstört war. Das Showbusiness war gnadenlos, hart und schnelllebig. Das war beiden bewusst. Besonders am Broadway, wo Victoria als Schauspielerin und Tänzerin angestellt war. Dumm nur, dass sie alterte und immer seltener für Shows verpflichtet worden war. Man bevorzugte junge Dinger, die nach einer Karriere am Broadway strebten. Am Ende hatte Victoria sich aussortiert gefühlt und eine Auszeit genommen; floh nach England, um von allem ganz weit weg zu sein.

Luke, der in den ersten sechs Lebensjahren in Amsterdam

aufwuchs und dann nach New York zog, weil sein Vater beruflich dorthin versetzt worden war, hatte mit dem Altern kein Problem. Als Autor musste er weder jung sein, noch gut aussehen, um Bücher zu schreiben. Jetzt mit ebenfalls Mitte dreißig interessierte ihn die Vergänglichkeit eher literarisch, nicht biologisch. Er sah in jedem Altersabschnitt des Lebens das Positive. Victoria hingegen hatte ihre biologischen Veränderungen als demütigend empfunden. Sie hatte ihrer Vergangenheit hinterhergetrauert, in jeden Spiegel hineingeschaut und Luke gefragt, ob er sie noch attraktiv fände. Komplimente von Fremden, Freunden und ihm hatten ihre Unsicherheit nicht geschmälert.

Vor sechs Monaten war sie aus England wieder in die USA zurückgekehrt, aber nicht zu ihm nach New York, sondern nach Las Vegas, wo sie jetzt in einem Casino allabendlich Zocker und Touristen mit einer Bühnenshow unterhielt.

Er hatte Victoria einmal in der bunten und elektrisierenden Wüstenstadt besucht und vorgeschlagen, bei ihr zu bleiben. Schließlich könne er überall Bücher schreiben. Dass er sich dabei selbst belog, wusste er. Sein Herz hing an New York, aber für die Liebe wollte er es versuchen. Doch Victoria hatte abgewunken. Seitdem nahm der Kontakt zwischen den beiden stetig ab. Sie beantwortete seine E-Mails immer seltener, und die gelegentlichen Telefonate, sofern Victoria am anderen Ende abnahm, waren kurz und wortkarg. Luke fragte sich, ob sie jemals wieder zu ihm nach New York zurückkehren würde.

Er schaute aus dem Fenster und beobachtete das bunte Treiben auf der Straße; wobei *bunt* mit grauen Farbtönen gleichzusetzen war. Es war ein typischer Herbstanfang, wo graue und schwarze Regenschirme, Regenjacken und Mäntel die Mode bestimmten. Der heutige Tag hatte verregnet begonnen; und die zugezogene Wolkendecke versprach weitere Regenschauer.

Wo war seine Energie nur hin? Seine Inspiration? Nicht nur das digitale Blatt Papier im Laptop und sein Kopf waren leer, sondern auch sein Herz. Immer wieder kreisten seine Gedanken um Victoria. Sie ging ihm einfach nicht aus dem Kopf.

Ich muss raus!

Er sprang vom Schreibtischstuhl auf, verließ das Haus und öffnete das Fahrradschloss an seinem Mountain Bike, welches er am Zaun neben der Eingangstreppe seines Stadthauses angeschlossen hatte. Den nassen Sattel mit einem sauberen Taschentuch abgetrocknet – er hatte dafür eigens ein paar eingepackt –, schwang er sich aufs Rad, quetschte sich durch zwei parkende Autos hindurch und raste die enge Straße hinunter. Nach wenigen Blöcken erreichte er die Wolkenkratzer und ließ die Idylle von Greenwich Village hinter sich. Der Regen, der auf ihn einprasselte, ließ ihn kalt.

3

Let's go Yankees! (Clap-Clap-ClapClapClap), schallte es im Yankee Stadium. Bereits vor Spielbeginn heizten sich die Baseballfans ein. Nur wenige Buhrufe und Pfiffe seitens der Gäste durchdrangen den dominierenden Sprechchor. Der Wind pfiff durch die Arena, der Regen blieb aus.

„Wie ich mich auf die Postseason freue!", sagte Luke. Er inhalierte die Stadionatmosphäre und blühte förmlich auf. Kaum zu glauben, dass er vorhin im Arbeitszimmer noch einen Depri geschoben hatte. Die frische Luft wirkte genauso befreiend, wie unter Menschen zu sein.

„Die Red Sox sind gut in Form. Das wird schwer für die Yankees", sagte Max, der jede Gelegenheit nutzte, um seinen Freund zu sticheln.

„Keine Chance, wir schicken Boston zu null nach Hause."

„Dass du immer noch so ein verrückter Yankee-Fan bist!"

„Das bin ich, seitdem mein Vater mich zum ersten Mal zu einem Yankee-Spiel mitgenommen hat."

„Ich weiß", sagte Max. „Dein Vater hat von seiner Firma immer Karten bekommen und dich mitgenommen."

Nach der Vorstellung der Gästemannschaft ertönte das imperialistische *Throne Room* des Leinwandklassikers Star Wars, begleitet von jubelnden Yankee-Fans.

„*Und hier sind sie, die New York Yankees.*" Die stolze Stimme des Stadionsprechers schallte durch das Stadion, und auf der Anzeigentafel erschien die Startaufstellung der Mannschaft.

„Auf der Shortstop, mit der Nummer zwei, Derek Jeter. Nummer zwei."

„Du bist unser Mann!" Luke freute sich wie ein kleiner Junge; rutschte auf dem Sitz wild hin und her. Obwohl die New York Yankees innerhalb der USA oft als die Baseballmannschaft der Touristen und Nicht-Amis im Ausland verschrien waren, so war Luke ein Yankee-Fan durch und durch.

„An der First Base, mit der Nummer fünfundzwanzig, Mark Teixeira. Nummer fünfundzwanzig."

Der triebgesteuerte Max bekam einen hormonellen Schub und tauchte in seine sexuelle Gedankenwelt ab. „Die Anzeigentafel mit Monitor ist so gewaltig. Auf der möchte ich gern mal ein Filmchen mit hübschen Mädels gucken, wenn du verstehst, was ich meine. Stell dir vor, wie groß erst der Hintern und die …"

Max zwinkerte Luke zu, doch sein Kumpel hatte nur Augen und Ohren für das Geschehen auf dem Spielfeld, und so stellte er die Mitteilung seines sexistischen Gedankenguts ein.

Während des Spiels vergaß Luke alles um sich herum. Seinen Schmerz, seinen Verlust, seine Victoria.

4

Nach dem Spiel setzten sich Luke und Max an die Theke einer spärlich beleuchteten Bar in Midtown, Manhattan.

„Was darf es denn für Sie sein, meine Herren?" Das Geschirrtuch über die Schulter geschlagen und die Hände auf den Tresen gestützt, blickte der Barkeeper sie beide an. Im Glasregal hinter ihm standen diverse Flaschen bekannter Originalmarken.

„Einen Dalmore, 15 Jahre, bitte", antwortete Luke.

„Für mich einfach einen Jack Daniel's on the Rocks."

Der Barkeeper schenkte ein und reichte den beiden Männern ihre Getränke. Luke erhob das Glas. „Lass uns auf das Spiel anstoßen! Denen haben wir es so richtig gezeigt."

Zwei Gläser klirrten vorsichtig gegeneinander.

„Ich habe dich lange nicht mehr so lebendig gesehen wie vorhin im Stadion", sagte Max. Dann weckten zwei Ladies am Ecktisch seine Aufmerksamkeit. „Bei den beiden würde ich gern einen *Hit* landen."

Luke schwieg, er schaute nicht einmal hinter sich, sondern blickte starr auf den Tresen. Selbst dann noch, als Max ihm auf den Oberarm klopfte. „Hey, schau dir mal die beiden Granaten an."

Luke nahm einen großen Schluck vom Whiskey. „Bitte nicht heute."

„Wenn du siehst, was ich sehe, kannst du nicht anders. Die beiden sind bestimmt Studentinnen. Was meinst du?"

Luke drehte sich zum besagten Ecktisch herum, an dem

zwei Frauen sich kichernd unterhielten. Eine von ihnen trug ein schlichtes schwarzes T-Shirt und Designer-Jeans. Ihrem Akzent nach womöglich Französin. Die Andere, eine Latina, trug ein enges rotes Kleid.

„Wen von den beiden möchtest du, Kumpel?"

„Wir sind nicht mehr auf dem College, Max. Du änderst dich wohl nie, oder?"

„Warum sollte ich auch? Solange es mir dabei gut geht."

Max hielt mit der potentiellen Beute Augenkontakt, während Luke den Kopf in den Nacken legte, das Glas leerte und sich sodann einen neuen Whiskey bestellte. Max ließ von den Damen kurz ab und signalisierte dem Barkeeper, das Gleiche zu wollen.

„Du weißt, dass ich für so was nicht in Stimmung bin, Max. Die Zeit ist lange her."

„Du hast damals die heiße Betty abgeschleppt", schmunzelte Max. „Das soll was heißen. Immerhin galt ich als Sunny Boy, nicht du."

„Zum Glück stehen nicht alle Frauen auf warme Luft. Manche ziehen tiefgründige Gespräche vor."

„Tiefgründige Gespräche. So, so."

Beide lachten, und der Barkeeper servierte ihnen die neuen Getränke.

„Jetzt sag mir aber nicht, dass du mit Betty nicht in der Kiste warst. Wenn dem so wäre, würde ich unsere Freundschaft auf der Stelle kündigen." Max grinste. „Hätte ich die Chance gehabt, dann … Grrrrrhh."

„Ich schweige. Außerdem habe ich kurz darauf Victoria kennengelernt."

„Ja, die Victoria hat dich ganz schön weich gekloppt."

„Nein, sie hat mich gestärkt. Eine feste Partnerin würde

dir auch guttun."

Max klopfte ihm auf die Schulter. „Wo ist denn deine Partnerin?"

Luke nahm einen Schluck, ehe er antwortete. „Du weißt, wo sie ist."

„Nicht hier, seit Monaten schon nicht. Am Ende ging bei euch im Bett bestimmt nicht mehr viel. Wird Zeit, dass du wieder bei einer Frau eintunkst."

„Eintunkst", wiederholte Luke spöttisch.

„Leg deinen Ring ab und lass uns rübergehen. Wenn du bei diesen Prachtexemplaren nicht schwach wirst, dann weiß ich nicht mehr weiter."

Max hielt mit den Damen fast ununterbrochen Augen-kontakt. Sie zwinkerten ihm zu. Er musste bald aktiv wer-den, um den Flirt am Leben zu erhalten.

„Da geht was. Wen von den beiden nimmst du?"

Luke killte das zweite Glas und bestellte, ohne zu zögern, die nächste Runde. „Keine."

„Hey, die wollen uns."

„Die spielen mit uns."

„Dann lass uns das herausfinden, du Yankee."

Ein flüchtiger, nicht zu deutender Gedanke schoss durch Lukes Gehirn und ließ dessen Herz schneller schlagen.

„Los, Kumpel, sie winken uns zu sich. Und vergiss dein Glas nicht." Max zog seinen Freund mit zum Ecktisch und setzte sich neben die Dame im roten Kleid. Luke, der sich selbst darüber wunderte, widerstandslos mitgegangen zu sein, nahm neben Max Platz. Zumindest physisch. Gedank-lich war er ganz weit weg.

„Ich bin Rebecca", stellte sich die Dame im roten Kleid und mit dem südamerikanischen Appeal vor. „Und das ist meine Freundin Lucienne."

Max gab alles, was seine Flirtkünste hergaben, und Rebecca erwiderte seine *zufälligen* Berührungen. Lucienne brachte sich in das Gespräch ab und zu ein und blickte immer wieder zu Luke, der seinen Kopf gesenkt hielt. „Was ist mit deinem Freund los?", fragte sie schließlich.

„Auch wenn er so aussieht, als hätte man ihm Baldriantropfen ins Glas gegeben, so ist er eigentlich ein cooler Typ. Nur geht es ihm derzeit nicht so gut", verteidigte Max ihn.

Luke starrte eingefroren in sein Glas. Was er vor sich sah, war nicht der Whiskey, sondern Victoria. Er fragte sich, was sie jetzt machte. Wie es ihr ging. Vielleicht hatte sie ihn während des Baseballspiels auf Festnetz angerufen und er war nicht zuhause? Aber dann hätte sie ihn bestimmt auf dem Handy angerufen.

„Pssst." Max lehnte seinen Kopf an Lukes Ohr. „So langsam solltest du dich um Lucienne kümmern. Sie scheint sich für dich zu interessieren. Rebecca habe ich schon an der Angel."

Vielleicht war Victoria zurück nach New York gekommen, saß bei ihnen daheim auf der Couch und wartete auf ihn?

„Was ist los, Kumpel? Lucienne ist doch niedlich?"

Vielleicht besaß Victoria noch die Schlüssel.

„Hey, Yankee! Was ist los mit dir?"

Da war er wieder, dieser Gedanke, dieser Blitz, der wie Adrenalin durch Lukes Körper schoss. Sein Herz raste. Sein Gehirn bildete so viele Synapsen wie seit Monaten nicht mehr. „Ich mach's!", entsprang es aus seinem Mund.

Max grinste und klopfte zustimmend auf Lukes Schulter. Endlich zeigte sein Freund Interesse an einer anderen Frau.

„So ist es richtig, Kumpel."

„Gleich morgen fahre ich los!" Luke kippte den restlichen Whiskey hinunter, sprang auf, zahlte beim Barkeeper seine Getränke und verließ die Bar.

„Wie? Du fährst morgen? Wohin? Was ist passiert?", rief Max ihm hinterher. „War das letzte Glas zu viel?"

Doch Luke war schon längst durch die Tür. Mit einem Achselzucken verabschiedete sich Max bei den Damen und erhielt im Gegenzug ihre Telefonnummern.

5

„Was ist los mit dir? Was hat dich da drin gestochen?",
fragte Max, der hinter Luke herlief. Luke wurde langsamer
und ließ ihn aufschließen.

Es hatte aufgehört zu regnen, aber das gefallene Regenwasser floss weiterhin in die Gullys. Was nicht schnell genug in die Kanalisation gelang und sich am Straßenrand
sammelte, wurde von den vorbeifahrenden Autos verdrängt. Der nasse Bürgersteig schimmerte, als wenn auf
diesem Glühwürmchen saßen und im Kollektiv leuchteten.
Je nachdem, wie man den Kopf neigte oder senkte, verän-
derten sie aufgrund der Reflexionen der Straßenlaternen,
Reklametafeln und Ampeln ihre Farbe.

„Ich werde für einige Zeit die Stadt verlassen. Gleich morgen werde ich mit der Planung beginnen und packen."

„Planung? Die Stadt verlassen? Ich verstehe nicht."

„Ich sitze seit Monaten mit einer Schreibblockade in New
York fest, hoffe Tag für Tag, dass Victoria zu mir zurück-
kehrt, und sie macht in der Zwischenzeit Karriere, ohne
mich dabei haben zu wollen."

„Sag ich doch."

„Ich werde eine Tour durch New England machen und
mich inspirieren lassen. Ich will neue Energie tanken."

Max schüttelte den Kopf. „Warum ausgerechnet New
England?"

„Du hast mich in der Bar als Yankee bezeichnet. Die Leute
in New England wurden damals so genannt. Die Gegend

dort ist einmalig. Die Wälder, der Indian Summer, die Leuchttürme …"

„Luke alias Fox Mulder sucht seine Schwester Samantha. Luke alias Alan Wake fährt nach Bright Falls, um herauszufinden, warum seine Frau Alice aus der gemeinsamen Blockhütte am See verschwunden ist. Luke alias James Sunderland fährt in die nebelumhüllte Kleinstadt Silent Hill, nachdem seine tote Frau Mary ihm in einem Brief mitteilt, dort auf ihn zu warten. Luke alias der Schriftsteller Mort Rainey, der seine Frau in flagranti erwischt, sich in seine Holzhütte im Wald verkriecht und …"

„Mach dich nur lustig!"

„Nein, Kumpel, ich freue mich über deinen plötzlichen Tatendrang, aber pass auf die bizarren Landeier auf; besonders die Sheriffs solltest du meiden."

„Du hast zu viele Horror-Adventures auf deiner Konsole gezockt, zu viele Hollywoodfilme angesehen und zu viele Romane in diesem Genre gelesen." Er schaute kurz zu Max auf. „Okay, das mit dem Lesen nehme ich zurück."

Max grinste. „Ich dachte, wir machen uns über dich lustig."

„Gleich morgen werde ich mir einen Wagen leihen."

„Ich verstehe bis heute nicht, warum du kein Auto hast", bemängelte Max mit nicht ernst zu nehmender Stimme.

„Wir leben in New York City, da brauch ich kein Auto. Außerdem bin ich kein Hollywoodschauspieler, Sportler oder Rockstar, sondern ein Autor, der von seinen Publikationen gut leben kann. Angenommen, ich hätte einen Lamborghini oder Ferrari, dann wäre ich mit diesem hier in der Stadt nicht schneller als …"

„Ein Yellow Cab. Ich weiß."

Das rote Ampelsignal an der Straßenkreuzung brachte die Männer zum Stehen.

„Was macht dein Porsche?", fragte Luke.

„Frisch aus der Werkstatt. Hat eine neue Stoßstange bekommen."

„Wo bist du noch mal reingefahren?"

„In einen Polizeiwagen."

„Ach ja", schmunzelte Luke. „Und warum?"

Die Ampel schaltete auf Grün, und die Männer überquerten die Straße.

„Weil ich auf den Hintern einer reizenden Polizistin geschaut habe, die sich nach vorn beugte, um an einem Wagen ein Knöllchen anzubringen. Das weißt du ganz genau. Du willst mich nur aufziehen."

Beide lachten.

Max gab Luke einen kleinen Zettel mit einer Handynummer darauf. „Ruf sie an, Mann. Ich glaube, sie hat Interesse an dir."

„Wer?"

„Na, Lucienne, die niedliche Französin. Wo bist du immer nur mit deinen Gedanken?" Max gab seinem Freund einen leichten Schlag an den Hinterkopf. „Sie sagt, sie mag kreative Köpfe. Sie studiert irgendwas mit Kunst. Passt doch zu dir."

„Mal sehen", sagte Luke gleichgültig.

Max legte den Arm um die Schultern seines Freundes. „Wie du meinst, Kumpel, aber kehr mir wieder heil zurück. Verstanden?"

„Ich mache mir mehr Sorgen um dich, Max."

Eine blonde Frau kam auf die beiden zu und passierte sie. Ihre Stöckelschuhe waren schwer zu überhören. Max drehte sich um und erhaschte einen Blick auf ihren verführerischen Rücken. „Mach dir um mich keine Sorgen. Ich komme klar."

„Das glaube ich dir sofort."

Als sie am Eingang einer Subway Station stehenblieben, sagte Max: „Bevor du dir einen Mietwagen nimmst, kannst du auch meinen Pick-up nehmen. Mit dem fahre ich momentan sowieso nicht."

„Ja, klar. Danke. Wir texten."

„Alles klar."

Kurz bevor Luke endgültig in die Tiefe der Subway Station verschwand, hörte er Max von oben hinunterrufen: „Und ruf Lucienne an, du Weichei!"

6

Eine Landkarte der USA lag ausgebreitet auf dem Schreibtisch; darauf Papier, Stifte, ein aufgeklappter Laptop und einige Reiseführer über die Staaten von New England. Luke plante eine Tour bis in den hohen Norden von Maine.

Dabei schaute er immer wieder aus dem Fenster und schüttelte amüsiert den Kopf. Vor zwei Stunden war er bei Max gewesen, um den fahrbaren Untersatz für die Reise abzuholen. Am Anfang war er sich nicht sicher gewesen, ob er Max' Angebot annehmen sollte. Nicht, weil der Wagen marode und ungepflegt war, nein, schlimmer noch. Der Wagen war ein echter Eyecatcher.

„Das ist er! Ein Replikat des Originals. Ich habe keine Kosten gescheut", hatte Max seinen Wagen mit Stolz präsentiert und dabei den Milliardär Dr. John Hammond imitiert, ein Charakter aus dem Film Jurassic Park, der mit seinem Vermögen einen Dinosaurierpark erschafft. Max war zudem ein Riesenfan einer Serie, die in den 1980ern erfolgreich über den TV-Bildschirm flimmerte. In dieser stand, neben den drei menschlichen Protagonisten Colt, Howie und Jody, auch ein Pick-up-Truck im Mittelpunkt.

„Ach, Max, hast du gehofft, dass die sexy Jody aus *Ein Colt für alle Fälle* im Pick-up sitzt, wenn du ihn baust? In Sinne von: Wenn du es baust, wird SIE kommen?", scherzte Luke. Sein abgeändertes Zitat stammte aus dem Film *Feld der Träume* mit Kevin Costner.

Zum Abschied hatte Max ihm noch einen USB-Stick in die

Hand gedrückt. „Hier, für die Fahrt noch etwas Musik."

Nun stand der Pick-up-Truck vor Lukes Haustür, vom Arbeitszimmer aus sichtbar. Ein dunkelbrauner, 1981er GMC Sierra Grande mit einem horizontal verlaufenen, goldfarbenen Streifen an jeder Seite. Dank der Breitreifen, dem V8-Motor und einem Off-Road-Fahrwerk hatte der höher gelegte Wagen keine Mühe, im Gelände voranzukommen. An der Rückseite der Fahrkabine war ein Überrollbügel mit vier Scheinwerfern montiert. Zwei weitere Scheinwerfer saßen am Rammschutz mit eingebauter Seilwinde.

Die übergroße Funkantenne, die am Ende der Ladefläche in die Höhe ragte, durfte dabei ebenso wenig fehlen wie das *Fall Guy*-Logo mit dem Adler auf der Motorhaube.

Luke griff zum Handy. Er wollte versuchen, Victoria zu erreichen, um ihr zu sagen, dass er für einige Tage wegfuhr.

Eine gefühlte Ewigkeit des Wartens.

Niemand nahm ab.

Vielleicht später.

Auf dem Flur, nahe der Haustür, stand eine gepackte Sporttasche zur Mitnahme bereit. Daneben ein Baseballset, bestehend aus einem Ball, einem Schläger und einem Fanghandschuh. Nicht, dass er das Baseballset brauchte, sie waren eher ein Stück Heimat für ihn. Er liebte Baseball. Ganz einfach.

Es folgte ein weiterer erfolgloser Versuch, Victoria zu erreichen. Enttäuscht lockerten sich seine Finger. Das Mobiltelefon glitt ihm aus der Hand.

Schweigen.

Nach ein paar Sekunden hob er das Telefon, welches den Aufprall unbeschadet überstanden hatte, wieder auf und schrieb Victoria eine Kurznachricht. Dann beschloss er, aufzubrechen.

Er warf ein letztes Mal einen Blick in die eigenen vier Wände, die ihn in den letzten Monaten eingeengt hatten. Fünf Minuten später saß er im Colt-Seavers-Pick-up-Truck und befestigte ein Foto von Victoria am Rückspiegel. Warum er es mitnahm, wusste er selber nicht so genau. Zumindest nicht rational. Sollte ihm das Bild irgendwann stören, könnte er es ja wieder entfernen.

Die Sporttasche landete auf dem Beifahrersitz, der Baseballschläger im Fußraum davor. Der Baseball und der Lederhandschuh fanden auf der Konsole Platz.

Seine Finger glitten ein weiteres Mal über den Handybildschirm. Dieses Mal eine Kurznachricht an Lucienne, in der er sich für sein passives und verschlossenes Verhalten am Vorabend entschuldigte und ihr vorschlug, etwas gemeinsam zu unternehmen, sobald er zurückkäme.

Es war noch früh am Tag. Alle paar Wagenlängen standen Paketwagen im Weg, an denen sich der Müllwagenfahrer die Zähne ausbiss; und überall huschten Radfahrer durch die freien Lücken. Luke war jedoch die Ruhe selbst. Die Sonnenbrille auf den Nasenrücken geschoben, das New York Yankees Cap zurechtgerückt, den Zündschlüssel herumgedreht und mit Lee Majors *Unknown Stuntman* aus den Boxen dröhnend, setzte er den Pick-up-Truck in Bewegung.

7

Luke mied die großen Städte und durchfuhr hauptsächlich die kleinen Gemeinden mit ihren adretten, weißen Häusern, überdachten Holzbrücken und roten Scheunen, um das ursprüngliche New England zu erfahren. Er bestaunte die schroffen Berge, die schimmernden Seen, die sanft geschwungenen Farmländer und die tiefen Wälder, in denen das Rotwild graste. Er wollte sich von den alltäglichen Gedanken, Sorgen und Verantwortungen freimachen und in seinem Kopf Platz für Inspirationen schaffen, die hoffentlich zu einer neuen Geschichte führten.

Doch selbst hier draußen lärmte New York City. Immer wieder durchbrachen die Benachrichtigungstöne die paradiesische Stille. Unglaublich, wie abhängig man von dem Smartphone doch war. Bei all den Frauennamen, die Max in den Nachrichten erwähnte, fragte sich Luke, wie der Typ die Übersicht behielt. Lukes Vater gab sich mit kurzen Telefonaten und Kurznachrichten zufrieden, solange sein Sohn ihm interessante Flyer, Broschüren und Ähnliches zu der jeweiligen Region mitbrächte. Seine Mutter wünschte sich Postkarten mit lokaltypischen Motiven.

Von einer anderen Person war er zutiefst enttäuscht.

Victoria.

Sie meldete sich einfach nicht. *Sie wird ihre Gründe haben*, dachte er und wünschte sich, sie würde ihm endlich sagen, wie es um ihre Beziehung stand. Ob sie sich mit ihm überhaupt noch in einer Beziehung sah, oder ob sie ihn – ohne es ihm zu sagen – bereits verlassen hatte. Vielleicht hatte sie sich neu verliebt? Wenn ja, dann könnte er das doch auch? Dazu müsste er sich jedoch als Single betrachten, was ihm bisher nicht gelang. Dennoch tauschte er mit Lucienne Kurznachrichten aus. Telefoniert hatten sie noch nicht. Alles zu seiner Zeit. Wie es sich eben ergab. Spätestens nach seiner Rückkehr nach New York sehe man weiter.

Die Yankees hatten die Postseason sicher erreicht und führten in der Best-of-Five-Serie der ersten Runde mit zwei zu null. Wie gern er bei einem der Spiele im Stadion säße, besonders dann, wenn die Yankees das große Finale, die World Series, erreichen sollten, aber seine Reise war ihm wichtiger. Sie sollte die Weichen für seine glückliche Zukunft stellen und die Schreibblockade lösen.

Er genoss den überwiegend blauen Himmel, die angenehm warme Luft und den dezenten Wind in seinem Gesicht. Niederschlag gab es nur selten. Und die Blätter bedienten sich den unterschiedlichsten Farben – von Grün über Rot-Orange, hin zu Gold, Braun und Ocker –, bevor sie zart zu Boden fielen und die Straßen, Wege und Wiesen bedeckten.

Die Herbstkulisse des Indian Summers vertrieb Lukes tristen Gedankengänge und Sorgen und spendete ihm neue Kraft. Je länger er unterwegs war, desto ruhiger und ausgeglichener fühlte er sich.

8

An einer Tankstelle in Ellsworth im Bundesstaat Maine legte Luke einen Zwischenstopp ein. Der Wagen musste betankt werden; und auch seine Blase meldete sich zu Wort. Nach dem Tanken trat er in den Laden und blieb am Zeitungsstand stehen: *Vermisstes Chicagoer Pärchen bestialisch hingerichtet! Polizei sagt Selbstmord!* las er auf der Titelseite, nahm sich eine Ausgabe und ging zur Kasse. Selbst im einundzwanzigsten Jahrhundert war es für einen Autor durchaus lohnenswert, sich lokale Zeitungen zu kaufen, um mehr über die jeweilige Region zu erfahren. Luke wollte sich nicht allein auf das Internet als Informationsquelle verlassen.

„Einmal die Zapfsäule zwei und die Zeitung hier, bitte."

Hinter dem Tresen nahm ein älterer Herr das Geld lächelnd entgegen und packte es in die Kasse.

„Was hat es mit diesem Pärchen auf sich?", fragte Luke und hielt das Titelblatt hoch.

„Sie sind nicht von hier, stimmt's?"

„Aus New York City."

„Ein Rusticator", grinste der Tankstellenpächter.

„Ein was?"

Das Grinsen des Tankwarts wuchs. „Das Wort Rusticator ist eine alte Bezeichnung für Städter und Gutbetuchte, die in den früheren Tagen zur Erholung aufs Land kamen. Die Bewohner Maines, die ihre Heimat trotz des harten Lebens hier draußen liebten, fragten sich, warum man sich freiwillig in das rustikale Ländle zurückzog und dort verweilte, wenn man doch alle Bequemlichkeiten des Lebens in der Stadt genießen durfte. Damals wurde man entweder in den rauen Alltag auf dem Land hineingeboren oder zur Strafe dorthin verbannt. Dementsprechend wurden die wohlhabenden Besucher *Rusticator* genannt. Heute genießen die ländlichen Gegenden einen gewissen städtischen Komfort", sagte der Tankstellenpächter und zwinkerte mit dem linken Auge. „Na ja, fast überall. Gibt solche und solche Abschnitte", korrigierte er. „Was jedoch geblieben ist, ist die Bewirtung der Gäste. Damals wurden Hotels und Restaurants für die Wohlhabenden errichtet. Heute versorgen Schnellimbisse die Durchreisenden mit Hamburgern und Sandwiches. Man will es den Fremden so angenehm wie möglich machen. Für Reisende, die vorbeikommen, um gleich wieder zu verschwinden. Sie sollen alles so vorfinden, wie sie es von Zuhause gewohnt sind. Sie finden hier beinah alle weltberühmten Fast-Food-Ketten. Dabei hat die Stadt nur achttausend Einwohner."

„Verstehe."

„Sie haben ein schönes Spielzeug."

„Wie?"

„Der Wagen." Der alte Tankstellenpächter zeigte nach draußen zur Zapfsäule.

Luke drehte sich mit dem Oberkörper halb herum und blickte durch die breite, lichtbeflutete Fensterfront. Die Sonne, die von Tag zu Tag tiefer stand, blendete leicht. Vor der besagten Zapfsäule wartete der dunkelbraun-goldfarben lackierte GMC Sierra Grande geduldig auf den Fahrer.

„Geliehen", schmunzelte Luke.

„Klar doch", sagte der Tankstellenpächter und kam dann

auf Lukes Frage zurück. „Wenn Sie etwas über das Paar aus Chicago erfahren wollen, probieren Sie es mal im Riverbank Café. Einfach die High Street runter und links in die Main Street. Dort sind die Kunden vielleicht geschwätziger als bei mir."

„Das Essen dort?"

„Sie werden es überleben", scherzte der Tankstellenpächter. „Zu Ihrer Rettung gibt es ja noch die Fast-Food-Ketten entlang der High Street."

„Nein, danke. Ich ziehe das Riverbank Café vor", sagte Luke. Die Frage nach dem stillen Örtchen stellte er nicht mehr, schließlich befand sich das Café fast um die Ecke. Und die Toilette dort war vermutlich sauberer. Bis dahin würde er es noch aushalten. So stark drückte die Blase dann doch nicht.

9

Hinter der Holztheke setzte eine junge Kellnerin ein Glas an den Zapfhahn an und befüllte es mit einer dunklen, kohlensäurehaltigen Flüssigkeit. Als sie Luke das Café betreten sah, begrüßte sie ihn freundlich.

Die Lokalität war übersichtlich, gemütlich und schien vorwiegend von den Einwohnern aufgesucht zu werden. In einer Ecke, gleich neben der Theke, befand sich eine Bühne mit einer PA-Anlage, einigen Mikrofonständern und einem Schlagzeug darauf. Die Wandtafel neben der Bühne kündigte in Kreideschrift den nächsten Gig in zwei Tagen an.

Besonders bekannt ist es für seinen Blaubeerkuchen, hatte der Tankstellenpächter das Café empfohlen.

Luke nahm Platz und faltete auf dem Tisch seine Landkarte aus, auf der Orte markiert waren. Dann kramte er seinen Notizblock und einen Kugelschreiber hervor. Wann immer ihm eine Idee für eine Geschichte aufkam, oder er inspirierende Vorlagen aus dem Umfeld gewann, hielt er diese auf Papier fest.

„Herzlich willkommen im Riverbank Café, Reisender!"

Als Ortsfremder entlarvt, fragte die Kellnerin, was sie für ihn bringen könne. Ihr schwarzes Kleid war bemerkenswert kurz, ihre Beine lang. Wenn schon in Maine, so wollte er gern von der regionalen Spezialität kosten, dem Blaubeerkuchen. Dazu eine Tasse Kaffee.

In der Zeit, die die Bedienung für das Zubereiten und Bringen seiner Bestellung brauchte, wollte Luke eigentlich schnell auf die Toilette, doch ein Gespräch zweier Personen, die hinter ihm saßen, weckte die Neugierde des ideenlosen Buchautors aus New York.

Um nicht als Lauscher unangenehm aufzufallen und deren Worte dennoch zu verstehen, blickte er auf die Landkarte und neigte den Kopf leicht zu Seite. Den Stimmen nach schätzte er das Alter der beiden auf etwa siebzig. Dem Gesprächsverlauf nach, dass sie miteinander verheiratet waren.

„Selbstmord! Das glauben die doch selbst nicht! Ganz bestimmt nicht!", sagte die Frau. Ihre dominierende Stimme übertrumpfte alle anderen im Café.

„Warum soll es kein Selbstmord gewesen sein?", sprach der Mann umso leiser. Scheinbar waren die Rollen zwischen den beiden klar verteilt.

„Die wollten in den Urlaub fahren, steht hier drin." Zeitungsgeraschel. „Siehst du, Erwin? Genau hier!"

„Wie du meinst, Berta."

„Ich glaube, es war Mord! Warum sollte das Paar aus Chicago hierherkommen, nur um sich umzubringen?"

„Glaubst du?"

„Ja, die Leute im Artikel sind auch meiner Meinung."

„Aha."

Der Zeitungsartikel!

Luke erinnerte sich an die Titelstory der Zeitung, die er an der Tankstelle erworben hatte.

Vermisstes Chicagoer Pärchen bestialisch hingerichtet! Polizei sagt Selbstmord!

Er begann, mitzuschreiben. Den Artikel würde er später lesen.

„Weißt du noch? Das zahlreiche Verschwinden von Leuten, die mit ihren Autos unterwegs waren? Das ist doch sehr mysteriös. Wie diese Hippiegruppe im knallbunten VW-Bus. Oder die vierköpfige Familie mit dem Kombi."

„Hippie-Van … Kombi", murmelte Erwin.

„Und dieser gelbe Bus mit der Schulklasse darin. Weißt du noch? Aus Augusta glaube ich. Sie verschwanden während ihrer Klassenfahrt."

„Ich glaube, ich erinnere mich."

„Deren Autos wurden nie gefunden! Dafür fand man ihre entstellten Leichen im Acadia National Park und an verschiedenen Ecken entlang der Küste."

„Furchtbar war das", plapperte Erwin vor sich her. Luke hatte das Gefühl, dass die Frau einen Monolog führte, und Erwin nur etwas sagte, egal was, um etwas sagen zu dürfen, oder um sich nicht vorwerfen zu lassen, er höre seiner Frau nicht zu. Egal, für Luke hatte Erwin bereits verloren.

„Ihr Blaubeerkuchen, Sir", sagte die Kellnerin und lächelte.

Luke signalisierte ihr, dass sie den Kuchen und den Kaffee ruhig auf der Landkarte abstellen könne, die den gesamten Tisch bedeckte, und bedankte sich bei ihr, ohne dabei mit dem Kritzeln aufzuhören. Er wollte von dem Gespräch nichts verpassen. Vom erwärmenden Duft des Blaubeerkuchens und dem wohlriechenden Kaffee nahm er keine Notiz.

„Das sind irgendwelche Perverse! Eine ganze Gruppe von Perversen! Bestimmt!" Die Frau redete und redete.

„Sagen das deine Leute aus der Zeitung auch?" Erwin versuchte, durch rebellische Sticheleien etwas Selbstachtung zu bewahren.

Luke hielt jede Information fest und zeichnete fast das gesamte Gespräch auf, oder besser gesagt, den Monolog der älteren Dame. Das schwache Echo des alten Mannes war kaum einen Vermerk wert.

Als das ältere Paar kurz darauf das Café verließ, las Luke den Artikel über das verschwundene Pärchen aus Chicago in seiner eigenen Zeitungsausgabe nach. Daraus ließ sich garantiert eine gute Story basteln, dachte er. Vielleicht sollte er einen spontanen Abstecher zum Acadia National Park machen und die Ostküste abfahren. Der Park war zwar kein Bestandteil seiner ursprünglich geplanten Reise, aber er suchte nach Inspiration; und diese kam nie wie geplant.

Vor lauter Tatendrang und Gedankenblitzen trank er den mittlerweile kalten Kaffee zügig aus; und der wirklich leckere Blaubeerkuchen rutschte in großen Stücken die Kehle hinunter. Dann bezahlte er bei der Kellnerin am Tresen und befragte diese nach den Ereignissen, die er von der älteren Dame gehört und im Zeitungsartikel gelesen hatte. Was er erfuhr, bekräftigte seine Planänderung.

Auf zu den Tatorten entlang der Ostküste!

10

Der vollrunde Nachtkörper erleuchtete den klaren Himmel, kam aber gegen die dominierende Finsternis auf dem Boden nicht an; und auch die Lichtkegel des Pick-up-Trucks nicht. Letztere ließen Luke jedoch erahnen, dass die Route One eine unendlich lange Schlange war, die sich geschmeidig auf und ab bewegte. Die dicht beieinanderstehenden Bäume des Waldes hielten das asphaltierte Streifenwesen von beiden Seiten in Schacht und gewährten den Scheinwerfern keinen Einblick in ihre Geheimnisse. Einzig der einsetzende Wind vermochte es, die Blätter in leichte Schwingungen zu versetzen. Ihr Rauschen und Geraschel konnte Luke durch das heruntergelassene Seitenfenster hören; wie auch das monotone Dröhnen des Motors.

Sie war so weit weg, die Stadt, die niemals schläft. Der Ort, wo die Menschen durch graue und enge Betonschluchten hetzten, sich durch Blechmassen schlängelten und dem tobenden Rauschen der Hupen und Sirenen aussetzten, nur um den nächsten Schatz zu finden, den niemand brauchte, man aber unbedingt als Erster haben musste. Der Ort, wo sich Menschen von wenigen Möchtegern-Alphawesen bis ins letzte Detail vorschreiben ließen, wie sie zu leben hatten und als Dank dafür ihre Seele verkauften.

Zugleich war es der Ort, New York City genannt, den Luke sein Zuhause nannte. Von diesem Zuhause war er jetzt ganz weit weg.

Lukes Augen wurden schwerer; und seine Reaktionen

langsamer. Und auch der über die Straße kriechende Nebel machte die Situation nicht einfacher. Das Motel, welches er nach seiner beschlossenen Reiseplanänderung spontan im Café herausgesucht hatte, war noch eine gute Stunde Fahrt entfernt. Um der Müdigkeit zu entkommen, schaltete er das Radio ein.

„Hi Folks! Nächstes Wochenende ist es soweit! Der alljährliche ‚Toughman Contest' geht in die nächste Runde! Hundert Männer und Frauen aus deiner Region stellen sich dem Kampf in der Arena! Sei also dabei, wenn Fäuste auf schweißgebadete … treffen! Dem Gewinner winken Eintausend Dollar Preisgeld, egal, wer … sind oder woher sie kommen! In der Arena … alle gleich … Freitagabend … Uhr in der … Halle in … County. Wir sehen uns …"

„Was ist mit dem blöden Radio los?"

Während er den Sender für einen besseren Empfang neu einstellte, schielte er zwischen dem Radio und der Straße verunsichert hin und her. Er überlegte sogar kurz, rechts ranzufahren. Aber im Nirgendwo zu halten, war keine gute Idee. Wer wusste schon, wer hier draußen auf einen lauerte und massakrierte? Und auch der zunehmende Nebel bereitete ihm Sorgen. Solange er etwas erkennen konnte, wollte er weiterfahren.

Missmutig schaltete er das Radio aus und griff auf den USB-Stick zurück, den er bei der Abholung des Pick-up-Trucks von Max bekommen hatte. Er steckte den Stick in den Player und der Song *Empire* von BoySetsFire aus Delaware ertönte.

„Here I am, with my empire, I'll bring you to your knees! Ebb and flow with my desire, cause that's all you've been taught to be!"

Keinesfalls anhalten!

Nicht hier!

Laut dem Zeitungsartikel wurden die Überreste des vermissten Pärchens aus Chicago drei Tage nach ihrem Verschwinden gefunden. Ein Cocktail aus Fleisch und Metall, getränkt in Blut und Benzin. Die Polizei hatte den Fall als Selbstmord abgehakt. Die im Artikel zu Wort kommenden Angehörigen der Raimonds, so hieß das Paar aus Chicago, glaubten jedoch nicht daran. Das Paar habe sich garantiert nicht freiwillig mit dem Kombi auf die Gleise gestellt und vom Zug überrollen lassen. Zumal das vorgefundene Szenario nicht den vergleichbaren Selbstmordbildern glich.

Besonders bizarr daran war, dass es zu diesem Zeitpunkt keinen Zusammenstoß mit einem Zug gegeben hatte. Zumindest wurde solch ein Unfall nicht offiziell bestätigt. Luke hatte nach einem solchen im Internet seines Handys recherchiert, aber nichts gefunden. Entweder hatte es wirklich keine Kollision gegeben, oder irgendwelche FBI-Agenten hatten den Fall zu den X-Akten gelegt und die mysteriösen Beweise verschwinden lassen.

Luke war gespannt, welche Spuren er morgen am Tatort vorfinden würde. Das Wrack und die Opfer waren logischerweise schon abtransportiert beziehungsweise geborgen worden, aber die Schäden in der Umgebung – wie die in Mitleidenschaft gezogenen Bäume und die Bremsspuren auf dem Asphalt – waren sicherlich noch vorhanden. Diese sowie die Fantasie des Autors waren genug, um eine mögliche Idee daraus zu entwickeln. Darüber hinaus könnte er noch versuchen, mit den Geistern der Opfer zu kommunizieren, den Raimonds, sofern diese existierten und mit ihm sprechen würden. Aber an Geister zu glauben, was er nicht tat, und über diese zu schreiben, waren für ihn zwei verschiedene Paar Schuhe.

Im Artikel wurde auch der mysteriöse Vorfall mit der Schulklasse aus Augusta erwähnt, von dem die ältere Dame im Riverbank Café gesprochen hatte. Die Klasse hatte vor einem halben Jahr eine Fahrt nach Machias unternommen, um die *Burnham Tavern* zu besuchen, wo im Jahr 1775 die Schlacht um Bunker Hill geplant wurde, die den Widerstand gegen die britischen Invasoren auslöste. Heute diente die Taverne als Museum. Dort hatte man die Klasse zuletzt lebend gesehen.

Während der Schulbus weiterhin spurlos verschwunden blieb, waren die Leichen der Ausflügler wenige Tage später am Ufer des Roque Bluffs State Park angespült worden. Selbst die sensationsgierigen, quotensammelnden Medien hatten es abgelehnt, die verunstalteten Körper zu zeigen.

Luke führte den braunen GMC Sierra Grande wie ferngesteuert über die Route One. Der gelbe Mittelstreifen auf dem Asphalt rannte vor den Scheinwerferkegeln vergeblich davon. Jede weitere Meile ins Ungewisse verstärkte den Gedanken, ebenfalls als flüchtiger Beitrag in den Abendnachrichten zu enden. Er erinnerte sich an die Geschichten, die ihm die Kellnerin im Diner erzählt hatte, nachdem er den Zeitungsartikel gelesen und sie danach befragt hatte. Seit 1974 verschwanden im Bundesstaat Maine spurlos Menschen. Familien, Studentengruppen und lokale Prominente. Sie alle wurden wenige Tage später unter kuriosen Umständen tot aufgefunden. Eine Familie wurde bei Cutler an die Küste gespült, und einige Studenten im Acadia National Park zusammengekratzt. Weitere Opfer entdeckte man im Wald entlang des Kennedy Highways und im Wasser bei

Sullivan Harbor. Die Vorfälle waren bis heute nicht aufgeklärt; und die Morde so bestialisch, dass die Polizei nicht von einem Einzeltäter ausging, nicht einmal von einem Menschen, sondern von einem Tier; einem Monster.

„Hin und wieder verschwinden Arbeiter, die die Straßen instandhalten", hatte die Kellnerin gesagt. „Und unter uns, wenn Sie die Älteren hier aus der Region auf die Vorfälle ansprechen, werden die Ihnen sagen, dass dieses Phänomen seit Ende des neunzehnten Jahrhunderts zurückverfolgt werden kann. Die Offiziellen versuchen die Zusammenhänge zu verschleiern, indem sie den einzelnen Ereignissen verschiedene Namen geben oder etwas hinzudichten."

Mr. Luke Vremdalleen! Sie Idiot! Sie und Ihre dumme Neugier! Was glauben Sie zu finden? Casper, den freundlichen Hausgeist?

Luke wechselte wieder vom USB-Stick zum Radio. Vielleicht war der Empfang jetzt besser.

„Und hier die Wetteraussichten … Es wird … und dazu Temperaturen von … Wir dürfen uns also … gefasst machen."

Verärgert über den miesen Empfang, schaltete er das Radio wieder aus und griff zum Handy, das schweigend auf dem Beifahrersitz lag. Mit einem Fingerwisch brachte er das Display zum Leuchten und sah, dass kein Netz zur Verfügung stand. Sollte er jetzt hier im Nirgendwo in Not geraten, dann wäre er sowas von am Ars**. So dachte er und legte das Telefon wieder auf den Beifahrersitz.

Er schaute desillusioniert in Victorias Augen. Warum er ihr Foto mitgenommen und am Rückspiegel befestigt hatte, wusste er immer noch nicht so genau. Die Fahrt durch New England sollte dazu dienen, sich von ihr emotional zu lösen.

Warum meldete sie sich nicht bei ihm?

Der Nebel, der sich mittlerweile in den Kühlergrill des Colt-Seavers-Pick-up-Trucks verbissen hatte, kroch langsam die Motorhaube hinauf; und dann weiter über die Windschutzscheibe nach oben. Die kleinen Winde, die über das offene Seitenfenster hineinwehten, fühlten sich wie die Vorboten eines bevorstehenden Sturms an.

Mit zugekniffenen Augen drückte Luke die Nase gegen die Scheibe, um den Verlauf der Straße zu erkennen und zu folgen. Die eingeschalteten Zusatzscheinwerfer am Rammschutz und auf dem Überrollbügel hinter der Fahrkabine waren ihm keine große Hilfe.

Dafür leuchtete das Radio wieder rot auf. Luke erschrak.

„Was zum …?"

Dann beruhigte er sich, indem er sich das Phänomen rational erklärte. Vermutlich fuhr er gerade durch das Sendegebiet einer Radiostation. Und da er beim Ausschalten des Radios den Knopf wohl nicht richtig erwischt hatte, hatte es sich im Schlummermodus befunden und mit dem Radioempfang wieder selbstständig eingeschaltet.

Anstelle von Rock, Pop oder klassischer Musik spielte der Sender merkwürdigerweise ein Kinderlied.

Vader Jacob! Vader Jacob!
Slaapt gij nog? Slaapt gij nog?

Das Kind sang auf Niederländisch. Gab es in der Nähe etwa eine Gemeinde mit niederländischen Wurzeln? In den USA war es keine Seltenheit, dass eine stark vertretende Ethnie in einer Region eigene Zeitungen oder gar Radiostationen betrieb (und sei es über das Internet).

Luke schenkte dem Radio seine volle Aufmerksamkeit und vergaß für einen Moment die im grauen Dunst liegende Straße.

Alle klokken luiden! Alle klokken luiden!
Bim, bam, bom! Bim, bam, bom!

Er wechselte zwischen den Sendern hin und her. Das Radio reagierte nicht. Es ließ sich nicht einmal abschalten.

Der im Voraus gefühlte Sturm machte sich bereit. Er brachte die dicken dunklen Wolken in Position und befahl ihnen, ihre Schleusen zu öffnen. Etliche Liter Wasser rauschten pro Sekunde zu Boden.

Vader Jacob! Vader Jacob!

Luke wusste sich nicht anders zu verhelfen, als mit der linken Hand das Fahrzeug in der Spur zu halten und mit der rechten das Radio mitsamt den Kabeln daran aus der Konsole herauszuziehen. Dann warf er das Gerät auf den Beifahrersitz, wo es neben dem Handy landete. Doch das rot leuchtende Radio setzte sein Programm fort.

Slaapt gij nog? Slaapt gij nog?
Alle klokken luiden! Alle klokken luiden!

Plötzlich trat eine unsichtbare Kraft ohne Lukes Zutun aufs Bremspedal. Die Reifen blockierten und rutschten über den nassen Asphalt, auf dem das Wasser zentimeterhoch stand. Das Fahrzeug kam quer auf der Straße zum Stehen. Der Motor tuckerte vor sich hin, die Scheibenwischer verteilten die

Regentropfen über die nasse Windschutzscheibe.

Bim, bam, bom!
Bim, bam, bom!

Das Radio auf dem Beifahrersitz verstummte, das rote Licht erlosch. Es schien die abrupte Trennung wohl doch nicht überlebt zu haben.

Die Sache mit dem Radio war so spooky, dass Luke dachte, gleich einen Wendigo zwischen den Bäumen hervortreten zu sehen. Doch der Spuk schien vorbei, und er trat wieder aufs Gaspedal. Keine Zeit für Erklärungen. Er wollte in dieser Wildnis nicht länger stehen bleiben als nötig. Nicht, dass irgendwer oder irgendwas ihm auflauerte und attackierte. Er wollte einfach nur zügig das sichergefühlte Motel erreichen. Mit durchdrehenden Reifen schlitterte der Wagen die ersten Meter über den Asphalt.

Die Wolken änderten ihre Taktik. Statt literweise Wasser abzuwerfen, bewarfen sie die Welt unter sich jetzt mit dicken, fetten Hagelkörnern. Die meisten Körner schlugen direkt auf den Pick-up-Truck ein und prallten von diesem ab. Andere landeten direkt auf der Straße, sprangen durch den heftigen Aufprall wieder ein paar Zentimeter hoch und blieben erst im zweiten Anlauf liegen. Und die, die bereits auf der Straße ruhten, wurden teilweise von anderen herunterkommenden Hagelkörnern getroffen und wie Billardkugeln weggeschnipst.

Die Sicht verlief gegen null. Luke hatte Mühe, den Pick-up-Truck in der Spur zu halten. Die Hände ans Lenkrad geklammert und das Gesicht gegen die Windschutzscheibe gedrückt, folgte er dem gelben Mittelstreifen im Scheinwerferlicht. Die breiten Reifen des Pick-ups drängten die Wassermasse auf der überfluteten Straße beiseite. Luke hoffte, dass sie dem Aquaplaning trotzen würden, sollte er beschleunigen oder abrupt bremsen müssen. Man wusste ja nie, was als Nächstes geschah.

Wie jetzt etwa.

Das totgeglaubte Radio flammte abermals auf und hauchte sich neues Leben ein. Es rauschte und knirschte und wechselte selbstständig die Sender. Und auch der Pick-up-Truck entwickelte plötzlich ein Eigenleben.

„Was soll das!?"

Luke haute mit beiden Händen aufs Lenkrad und trat auf die Bremse, doch die Nadel auf dem Tachometer stieg weiter. Der Schaltknüppel schaltete eigenständig in den nächsthöheren Gang. Der V8-Motor fauchte.

Das Mobiltelefon klingelte. Auf dem Display erschienen der Name und das Foto des Anrufers.

VICTORIA!

Sie ruft an?

Jetzt?

Es war leichtsinnig, unter diesen Umständen ans Telefon zu gehen, das wusste er. Mit gefühlt dreihundert Sachen raste der Pick-up über die schmale Straße. Eine Unebenheit auf dem Asphalt, oder eine unkontrollierte Handbewegung am Lenkrad, und schon kämen die vorbeirauschenden Bäume am Straßenrand auf einen zu. Dennoch streckte Luke seine rechte Hand nach dem Handy aus. Als er mit dem Oberkörper wieder hochkam ...

EIN KIND!

Da ist ein Kind auf der Straße!

Er riss das Lenkrad instinktiv nach rechts und drückte die

Hände anschließend gegen seinen Brustkorb.

Ein Knall.

Ein heftiger Aufprall.

Die Welt rotierte immer wieder um dreihundertsechzig Grad an Luke vorbei: der Asphalt, die Bäume, das Gras, die toten Hölzer. Alles, was die Scheinwerfer im Hagelsturm erfassen und der Nebelwand entlocken konnten, kreiste vor Lukes Augen. Jeder Aufsetzer auf dem Boden schoss durch seine Wirbel. Der Kopf wurde ordentlich durchgerüttelt und knallte mehrmals gegen die Fahrertür und Nackenlehne. Der Wagen streifte mehrere Pinien und Tannen. Äste brachen ab.

Nach einigen Umdrehungen blieb der Wagen auf dem Dach liegen. Die verbogenen Scheibenwischer verteilten die nasse Erde und den Schmutz über die zersprungene Frontscheibe, und die Reifen drehten ihre Auslaufrunden in der Luft. Aus dem zerbeulten Kühler und der deformierten Motorhaube stieg Rauch empor und tanzte im Scheinwerferlicht. Es roch nach Qualm, Benzin und kokelndem Gummi. Doch davon bekam der bewusstlose Luke nichts mit.

11

Die Augen öffnend, war es immer noch Nacht – oder schon wieder; und die Welt stand Kopf. Luke saß angeschnallt im Sitz. Die Arme baumelten nach unten, und sein brummender Kopf fühlte sich an, als würde dieser gleich platzen. Dazu der Geruch von Benzin, und der brennende Rauch in den Augen.

Besser, ich steige aus.

Luke drückte den Auslöser des Haltegurts und plumpste dank der Schwerkraft unsanft auf die Innenseite des Dachs. Den eintretenden Schmerz blendete er aus. Seine Gedanken drehten sich nur darum, schnellstmöglich aus dem Wrack zu kommen.

Er drückte gegen die Fahrertür. Sie war verkeilt und ließ sich genauso wenig öffnen wie die Tür auf der Beifahrerseite. Dafür bot das Fenster in der Fahrertür, dessen Glasscheibe geborsten war, ihm einen Ausgang. Er robbte sich wie ein wirbelloses Reptil hindurch, richtete sich auf und entfernte sich dann ein paar Schritte vom Truck. Colt Seavers hätte nach solch einem Stunt sich lächelnd in die freistehende Badewanne hinter seinem Haus gesetzt und genüsslich eine Zigarre geraucht. Schließlich kam er bei seinen Stunts, also wenn es richtig schlimm für ihn lief, immer mit einem Pflaster auf der Stirn davon. Luke Vremdalleen, der Autor aus New York City, war kein Stuntman. Aber auch er hatte Glück. Abgesehen von einigen Schnittwunden, blauen Flecken und einem dröhnenden Schädel schien alles in Ordnung zu sein, schien nichts gebrochen. Das Fahrzeug jedoch war ein Totalschaden, ein finanzieller Ruin. Max würde ihn dafür umbringen.

Aber seine Sachen?! Was war mit seinen Sachen?

Luke kroch mit dem Oberkörper wieder in die Fahrkabine zurück und durchsuchte den Innenraum nach diesen ab. Auch wenn der Pick-up qualmte, so war er sich sicher, dass das Fahrzeug nicht gleich in die Luft flog, schließlich war das hier nicht Hollywood. Als er wieder hervorkam, hatte er nur die Taschenlampe bei sich. Das Handy, seine Sporttasche, das Cap der New York Yankees, das Foto von Victoria und das Baseballset blieben verschwunden. Luke vermutete, dass die Sachen beim Unfall hinausgeschleudert worden waren, und suchte die unmittelbare Umgebung ab. Ohne Erfolg. Und auch vom Kind und der Straße gab es keine Spur.

Der Nebel hatte sich gelegt, und der Hagelschauer zu einem Nieselregen abgeschwächt, dennoch verweigerte die dicke Wolkenfront Luke einen Blick zum Mond und in die Sterne; und die dichtstehenden Bäume machten eine Sicht in die Ferne ebenfalls unmöglich.

Er schlug eine Richtung ein, die ihm sein Bauchgefühl vorgab, und bahnte sich mithilfe der Taschenlampe einen Weg durch das Gehölz und Gestrüpp. Es gab weder eine Straße noch einen festen Trampelpfad. Unter den Schuhen raschelte das Laub und knackte das Geäst. Die nassen Steine und die mit Moosflächen bedeckten Baumstämme auf dem Boden waren glitschig. Von den Ästen und Blättern fielen feine Wassertropfen herab. Die kühle, feuchte Waldluft trat beim Einatmen in die Lunge, und beim Ausatmen warm und verbraucht wieder hervor. Für gewöhnlich liebte Luke

Spaziergänge in den Wäldern, aber dieser Wald, der einem unberührten Dschungel glich, behagte ihn. Als ob die menschliche Zivilisation einen Bogen um diesen machte.

„Fehlen nur noch die Lianen und Dinos", sagte er zu sich selbst und schmunzelte. Zumindest die Phantasie blieb ihm treu. Und diese versetzte seinen Körper auch in Alarmbereitschaft, als es im Gebüsch neben ihm plötzlich raschelte. Der Strahl der Taschenlampe wanderte zum Busch und entlarvte einen besprenkelten Körper mit vier dünnen Beinchen. Das Rehkitz, welches beim geringsten Anzeichen von Gefahr in die Dunkelheit verschwinden würde, beäugte Luke neugierig.

„Das machst du nicht noch mal mit mir, Bambi!", sagte Luke erleichtert und kämpfte sich weiter durch den Wald, der einfach kein Ende nahm. Er fragte sich immer wieder, ob auf der Straße tatsächlich ein Junge gestanden hatte; und wenn ja, woher dieser so schnell aufgetaucht war; und wieder so schnell verschwand.

Irgendwann wusste er nicht mehr, wie lange er eigentlich schon durch die Dunkelheit irrte. Die Finsternis war allgegenwärtig und schien die Sonne daran zu hindern, jemals aufzugehen. Gerade als er dachte, er würde das Tageslicht nie wieder erblicken, wurde es Licht. Etwas blendete ihn für einen kurzen Moment und entschwand wieder in die Dunkelheit. Es war von links gekommen und nach rechts verschwunden.

Nach einer kurzen Zeit das gleiche Phänomen. Das Licht tauchte von links auf und verschwand auf der rechten Seite.

Es wanderte offenbar kreisförmig umher.

„Hallo? Ist da jemand?!", fragte Luke und stellte Vermutungen auf. Dass das Licht von einem Wachturm des Militärs stammen könnte. Oder von einem durchgeknallten Landbesitzer, der keine Hemmungen hatte, auf Fremde zu schießen. Derartig ausgemalte Schreckszenarien hielten ihn jedoch nicht davon ab, weiterzugehen. Je näher er dem Licht kam, desto größer wurde der Lichtkegel, umso mehr nahm der Wind zu und umso dominanter roch es nach frischer Meeresluft. Damit einher war die Erklärung für das wandernde Licht gefunden: ein Leuchtturm, dessen Leuchtfeuer kontinuierlich um die eigene Achse drehte. Und wo ein Leuchtturm war, mussten auch Menschen sein.

Ungeachtet des nassen und glitschigen Untergrunds wurden Lukes Schritte zunächst länger. Doch dann stoppte er abrupt und gefror. Was, wenn die Leute im Leuchtturm ihm feindlich gesinnt waren? Er könnte in den Nachrichten als vermisste Person erscheinen; oder als Todesopfer. Wäre er nur eine weitere Leiche oder würde man ihn als halbwegs bekannten Autor erwähnen? Er war ja nicht gerade Stephen King. Würden die Medien sein Verschwinden überhaupt wahrnehmen? Oder Victoria? Würde sie sein Verschwinden bemerken? Oder war sie zu sehr mit ihrer Karriere beschäftigt? Zumindest seine Eltern und sein Kumpel Max würden ihn vermissen und umgehend Hilfe verstän …

Ein heftiger Schlag gegen den Hinterkopf, und er landete auf dem aufgeweichten Boden. Blut, Erde und Regenwasser verteilten sich in seinem Gesicht, in seinem Mund und seinen Augen. Seine Sicht verschwamm.

Kurz vor der Bewusstlosigkeit stehend, vernahm er nur noch zwei schwarze Stiefel, die im feuchten Laub auftauchten und vor ihm stehenblieben, dann schloss er die Augen.

12

„Er ist in Ordnung, nur hätten Sie ihn nicht härter treffen dürfen. Haben Sie ihm wirklich nur einmal auf den Hinterkopf geschlagen?"

„Sie meinen wegen den Kratzern und blauen Flecken?"

„Ja."

„Die hatte er schon vorher."

Die echohaften Stimmen der beiden Männer dröhnten in Lukes Schädel. Redeten sie etwa über ihn? Um zu erfahren, wer die Männer waren, die über ihn redeten, und wo er sich überhaupt befand, öffnete er die Augen. Die gesamte Umgebung versteckte sich hinter einem grauen Schleier. Bevor sich seine Augen vor Erschöpfung wieder schlossen – sie wogen so schwer –, glaubte er, auf einer Liege oder in einem Bett zu liegen. Die leuchtende Quelle über ihn war vermutlich eine Deckenlampe.

„Ich glaube Ihnen ja, aber den Kopf des Fremden sollten Sie verschonen. Die Wunden müssen jetzt erst einmal verheilen."

„Das hängt ganz vom Benehmen des Gastes ab."

„Wie Sie meinen, aber dass wir ihn ans Bett fesseln müssen, halte ich für übertrieben."

Gefesselt? Luke versuchte sofort, seine Arme und Beine anzuheben. Sie bewegten sich keinen Millimeter. Als seien mit Beton ummantelt. Auch seinen Kopf konnte er weder anheben, noch nach links oder nach rechts drehen. Überall spürte er Widerstand. Sein Puls stieg. *Warum halten die mich gefangen? Warum hat man mich gefesselt!? Was haben die mit mir vor?*

„Bei allem Respekt, Doktor, das muss sein. Wir wissen nicht, ob in dem Fremden der kleine Junge steckt, oder ob es sich bei dem Fremden um ein weiteres Opfer handelt. Wir können nicht vorsichtig genug sein. Das wissen Sie mittlerweile so gut wie ich!"

„Ich weiß, ich weiß, aber ich werde allmählich müde. Sieht so aus, als stehe uns wieder etwas bevor."

„Wem sagen Sie das!"

Luke wollte zu den beiden Männern sagen: *„Wo bin ich? Wer sind Sie? Warum haben Sie mich festgebunden? Ich bin doch nur dem Kind auf der Straße ausgewichen und habe mich dabei mit dem Wagen überschlagen. Als ich wieder zu mir kam, fand ich mich in einem Wald wieder und wurde sodann niedergeschlagen."* Stattdessen brachte er durch seine trockenen Lippen unverständliche Laute hervor. „Mmmhh … ooohh."

„Er kommt zu sich", sagte die Stimme, die mit Doktor angesprochen wurde. „Geht es Ihnen gut, Sir?"

„Wo … mmmmh … ich?"

„Sie sind in meiner Praxis, Mister."

„Vrä … a … leen", stammelte Luke und öffnete krampfhaft seine Augen. Die Sehstärke kam nur langsam zurück. Entweder ließ die Betäubung – oder was auch immer – nach, oder sein Wille war stärker und brachte die Augen dazu, zu kooperieren. Er erkannte, wenn auch schwach, die Erscheinungen zweier Männer. Der eine trug einen weißen Kittel. Mit einem Stethoskop um den Hals. Der andere eine weiße Uniform, auf dessen Brusthöhe ein sternenförmiges Metallstück steckte.

Der Arzt suchte zum Patienten den direkten Kontakt und

sprach mit sanfter Stimme: „Ich freue mich, dass Sie erwacht sind, aber ich kann Sie leider nicht verstehen."

„Ich ... bimmmh ... Vremdalleen."

„Ist das Ihr Name? Vremdalleen? Wir werden alles Mögliche tun, damit Sie gesundwerden. Versprochen. Aber bis dahin ruhen Sie sich bitte aus", sprach der Doktor.

„Nicht so vorschnell", erwiderte der Sheriff.

„Mr. Baker! Sehen Sie denn nicht, dass es dem Patienten schlecht geht?"

„Haben Sie nicht gehört? Der Mann heißt Vremdalleen."

„Und?"

„Scheint ein Yankee zu sein. Hoffentlich macht der uns keinen Ärger!"

Lukes nebulöser Gehirnzustand verstand die Aussage des Sheriffs. Unter den niederländischen Einwanderern waren die Vornamen *Jan* und *Kees* oft verbreitet, sodass man diese als *Yankees* bezeichnete. Während des Amerikanischen Bürgerkriegs bezeichneten die Südstaaten die befeindeten Nordstaatler als Yankees; und die Europäer wiederum nannten alle Amerikaner so. Heute war der Begriff weitgehend neutral im Gebrauch.

„Kommen Sie von Ihrem Südstaatentrip herunter, Sheriff! Wir sind Ihnen sehr dankbar, dass Sie zu uns in den Norden gekommen sind und unsere Straßen sauber halten, aber bitte stempeln Sie unseren Gast nicht ab, nur weil er einen niederländischen Namen trägt. Auch Sie waren für uns einst ein Neuankömmling, den wir, wie jeden anderen auch, freundlich aufgenommen haben. Vergessen Sie das nicht. In unserer derzeitigen Situation ist Mr. Vremdalleen das geringere Übel.

Wissen Sie, Sheriff, seit Ihrem schmerzlichen Verlust haben Sie sich sehr verändert. Seien Sie nicht so hart zu sich selbst, oder den anderen gegenüber."

Der Sheriff warf sich wie ein Kartoffelsack in den Ledersessel, der neben dem Schreibtisch stand. „Noch mehr Ärger können wir nicht gebrauchen."

„Ich ... Mr. Vremdalleen ... Luke", brachte Luke aus sich heraus und schlief sodann entkräftet ein. Sein Atem normalisierte sich. Der Arzt begab sich an den Schreibtisch und blickte Sheriff Baker bestimmend an. „Lassen Sie Mr. Vremdalleen schlafen! Wenn er erwacht, können Sie ihn mitnehmen. Aber bitte, schonen Sie ihn!"

„Ich bin es nicht, vor dem sich unser Gast, wie Sie ihn nennen, fürchten muss. Das wissen Sie genauso gut wie ich, Doktor."

13

Keine Ahnung, wie lange er mal wieder weggetreten war. Minuten, Stunden, Tage. Die Gurte, die ihn zuvor am Bett festgehalten hatten, waren gelöst. Der Grund für die Fesseln schien nicht mehr gegeben. Vor was die Männer sich auch fürchteten, es musste wirklich ungewöhnlich und bösartig sein; eine wahre Bedrohung.

Er schob beide Füße über die Bettkante und setzte sich aufrecht hin. Das Ärztezimmer wirkte wie aus den 1950ern. Entweder waren die Möbel wirklich so alt oder auf alt getrimmt. Das Bodenmuster glich einer Zielflagge, und unter der Decke hing scheinbar jene Lampe, die während seines komatösen Wachzustands durch die geschlossenen Lider geschimmert hatte. Der cremefarbene Vorhang am Fenster hielt die Sonnenstrahlen fern und erlaubte keinen Blick nach draußen.

Luke ging auf den Vorhang zu und beabsichtigte, diesen vorsichtig beiseitezuschieben – er wusste ja nicht, wen oder was er dahinter erblicken würde –, als just in diesem Augenblick sich die Tür öffnete. Luke zog seine Hand rasch zurück und drehte sich um. Der Sheriff, den der Arzt Mr. Baker genannt hatte, starrte Luke schweigend an. Es vergingen Sekunden des visuellen Abtastens, ehe der Ordnungshüter die Stille beendete.

„Haben Sie Hunger, Mr. Vremdalleen?"

14

Die Sonne befand sich im Abwärtstrend und kratzte am rot-violetten Horizont, wo der Ozean bereits darauf wartete, sie zu schlucken. In der Ferne schimmerte ein Fischerboot. Es steuerte das Ufer an; dem Feierabend entgegen.

Luke saß neben dem Sheriff im Wagen; und das ohne Handschellen. Was ihn nach dem Gespräch zwischen dem Doktor und dem Sheriff wunderte. Eben noch eine Bedrohung, jetzt ein normaler Passagier. Hatte der Sheriff keine Angst, dass er ihn angreifen und erwürgen könnte? Oder dass er einfach so, ohne Vorwarnung, aus dem Wagen sprang und floh?

Wobei Luke nicht wüsste, wohin.

Er kannte die Umgebung nicht. Die Kleinstadt war von drei Seiten von einem Wald umringt. Als ob die grüne Wand den Ort mit seiner Umarmung beschützte, oder die Menschen daran hinderte, den Ort zu verlassen. Allein das offene Gewässer stemmte sich der grünen Festung entge-gen. Innerhalb dieser Grenzen blieb den weißen Häusern nicht viel Luft zum Atmen. Vielleicht sah der Sheriff diesen natürlichen Wall als Vorteil an, als seinen Helfer, und wog sich sicher. Sollte der Fremde tatsächlich wegrennen, so würde dieser sich im Wald verirren; er würde dort verhun-gern und … sterben.

Der gemächlich fahrende Cherokee Chief war weit und breit das einzige Fahrzeug auf der Straße entlang der Küste. Die Kleinstadt wirkte sehr aufgeräumt. Als ob die Einwohner die weißen Zäune der Vorgärten regelmäßig strichen und den Rasen täglich mähten. Kein Haus fiel aus der Reihe. Selbst das Bootshaus und der Steg befanden sich in einem guten Zustand. Der überschaubare Ort glich einem Freilichtmuseum.

Die wenigen Menschen, die auf der Straße unterwegs waren, warfen Luke misstrauische Blicke zu. Er war anders. Und alles, was neu und fremd war, also anders, bedeutete eine Veränderung, ob nun gut oder schlecht. Aber warum sollte man das, was sich bewährte, ändern? Man wusste, was man hatte. Und das war gut so. Andererseits signalisierten die Blicke Neugier, weil er eben anders war. Nicht nur wegen seiner Klamotten. Er war für sie ein Alien. Wie fühlte es sich an, anders zu sein? Besser? Leichter? Interessanter? Wie war es, anstelle des Fremden zu sein?

Mr. Baker parkte den Wagen vor einem Diner. *Samantha's Place* sagte der neonbeleuchtete Schriftzug über dem Eingang.

„Steigen Sie aus!", befahl Mr. Baker, und Luke gehorchte.

Auf einer Holzbank neben dem Eingang des Diners saß eine Frau mit einer vertikalen Narbe unter dem linken Auge. Sie schenkte Luke ein Lächeln. Ihre makellose Haut war die einer Frau um die dreißig, die weißen Haare dagegen nicht. Und ihre traurigen Augen deuteten auf einen bedeutsamen Verlust hin, der scheinbar einen Teil ihrer Lebenskraft gekostet hatte. Ihr wahres Alter abzuschätzen, fiel Luke schwer, der sodann durch einen lauten Knall erschrak. Er schaute verängstigt auf die Straße. Sein Körper, der sich blitzartig in Alarmbereitschaft gesetzt hatte, gab jedoch schnell Entwarnung. Der Knall kam aus einem Auspuff der beiden Ford F-150 SVT Raptor, die mit Schrittgeschwindigkeit am Diner vorbeifuhren. Die getunten Pick-up-Trucks waren von oben bis unten schwarz wie die Nacht; einschließlich der Heckleuchten, den Fensterscheiben und den Felgen auf den Breitreifen. Die dominanten Kühlergrills wirkten wie die Mäuler von Raubtieren. Und die vorderen weiß leuchtenden Halogenscheinwerfer erinnerten an die funkelnden Augen von schwarzen Pumas. In den Fahrkabinen und auf den Ladeflächen saßen breitschultrige Männer. Sie trugen rotschwarze Flanellhemden und schwarze Arbeiterhosen. Mit Kettensägen, Äxten und anderen schweren Gerätschaften im Gepäck wirkten sie nicht minder bedrohlich. Sie beäugten den Fremden misstrauisch.

„Wollen Sie nicht mit reinkommen?", fragte Mr. Baker, der die Tür des Diners aufhielt. Luke schaute den Holzfällern zwei, drei weitere Sekunden lang hinterher, ehe er seine Hand zur geöffneten Tür führte und schweigend hineinging.

15

Das Diner war menschenleer. Luke hatte um diese Uhrzeit, kurz nach Sonnenuntergang, mehr Gäste erwartet.

Die lange Theke und die Barhocker nahmen die eine Hälfte des Diners ein, die Sitzecken entlang der breiten Fensterfront die andere. Die obligatorische Jukebox dudelte in einer Ecke leise vor sich hin und versprühte den Charme der Achtziger. Der stummgeschaltete Fernseher oberhalb der Theke zeigte dazu passend eine Serie aus dem gleichen Jahrzehnt. Allerdings nur als Standbild, auf dem ein dunkelhaariger Mann mit Oberlippenbart und einer blauen Baseballmütze der Detroit Tigers vor paradiesischer Kulisse aus einem roten Ferrari 308 GTS aussteigt: Thomas Magnum, Privatdetektiv, gespielt von Tom Selleck. Luke mochte den Schauspieler. Er musste sofort an den Film *Mr. Baseball* denken, in dem Tom Selleck einen Baseballspieler der New York Yankees spielt, der aufgrund seines fortgeschrittenen Alters nach Japan abgegeben wird und dort in kulturelle Fettnäpfchen tritt. Luke befand sich in einer ähnlichen Situation – irgendwie. Unfreiwillig an einem fremden Ort, dessen kulturellen Begebenheiten ihn behagten; die sich ihm nicht erschlossen.

„Setzen Sie sich, Mr. Vremdalleen!", befahl der Sheriff, der einen Tisch am Fenster wählte und beim Hinsetzen seinen Hut auf dem Platz neben sich legte. Als Luke gegenüber Platz nahm, hielt der Sheriff ihm eine blaue Baseballmütze mit dem Logo der New York Yankees hin. „Die Mütze gehört Ihnen, glaube ich. Solch eine Kopfbedeckung habe ich noch nie zuvor gesehen. Ich weiß nicht, was das Symbol darauf bedeutet, aber ich denke, Ihre Mütze wird hier niemanden schaden."

Luke freute sich darüber, die Baseballmütze wiederzuhaben, aber er ließ es sich nicht anmerken. Woher der Sheriff die Kopfbedeckung mit einem Mal hervorgezaubert hatte, war ihm egal. Es könnte aber beweisen, dass der Sheriff am Unfallort gewesen war oder unabhängig davon Lukes Sachen im Wald gefunden hatte und diese bei sich im Büro aufbewahrte. Schließlich hatte Mr. Baker ihn in jener Nacht angetroffen und niedergeschlagen. Luke wollte zum jetzigen Zeitpunkt aber noch nicht direkt nach den anderen Sachen fragen. Alles zu seiner Zeit.

Luke setzte sich die Baseballmütze auf und schwieg.

Ein weiteres Stück Heimat zurück.

„Warum sind Sie hier, Mr. Vremdalleen?"

„Ich dachte, Sie geben mir die Antwort, Sheriff!"

„Warum sind Sie durch den Wald geschlichen!?"

„Ich sah ein Licht." Luke zeigte auf den Leuchtturm, der vor fünf Minuten seinen Dienst aufgenommen hatte.

„Woher kommen Sie?"

„New York City."

„Dieses Drecksloch?"

„Wie?"

„Die Five Points sind uns auch hier bekannt. Dieser Slum mit seinen brennenden Bandenkriegen. Das Symbol auf Ihrer Kopfbedeckung ist demnach das Zeichen Ihrer Gang?"

Luke wusste nicht, ob der ernst dreinschauende Sheriff scherzte. Möglicherweise war dieser ein begeisterter Filmfan und wollte prüfen, ob der Fremde auch ein solcher war.

Vielleicht wollte Mr. Baker wissen, ob sein Gegenüber den Film ‚Gangs of New York' mit Leonardo DiCaprio und Daniel Day-Lewis kannte.

„Five Points ist seit über einhundert Jahren Geschichte, Sheriff. New York ist jetzt eine saubere Stadt – beinahe."

„Sie haben mir noch immer nicht gesagt, warum Sie hier sind." Mr. Baker versuchte, bestimmend zu klingen, aber seine Stimme versagte. Er war müde. Müde von was auch immer. Luke sah es ihm an.

„Haben Sie meinen Wagen gefunden?"

„Welchen Wagen?"

„Ein dunkelbrauner Pick-up-Truck mit einem Adlerlogo auf der Motorhaube."

„Nein, habe ich nicht."

Luke dachte für einen kurzen Moment, der Ordnungshüter wolle ihn testen, sah aber keinen Grund, weshalb dieser das tun sollte. Er starrte auf den Fernseher, wo jetzt ein schwarzer Trans-Am mit rotem Lauflicht oberhalb der Stoßstange durch eine Wüste fuhr. Ebenfalls ein Standbild.

Luke war der Sportwagen vertraut, nicht jedoch der darinsitzende Mann. Der Mann trug wie gewohnt ein geöffnetes Hemd mit heraussprießender Brustbehaarung, und selbst die offene, bis zur Hüfte gehende Lederjacke war identisch. Nicht jedoch die Erscheinung des Mannes. Sie glich keinem durchtrainierten Knight Rider, sondern einem stattlichen Italiener mittleren Alters mit Vollbart, zusammengekniffenen Augen und zwei Fäusten für ein Halleluja. Nicht David Hasselhoff nahm die Rolle des Michael Knight ein, sondern der Schauspieler, Stuntman, Komponist, Erfinder und siebenfache italienische Schwimmmeister Carlo Pedersoli alias Bud Spencer. Luke war offenbar der Einzige im

Diner, dem das Fernsehprogramm seltsam vorkam und wendete sich wieder dem Sheriff zu.

„Haben Sie mein Handy gefunden?"

„Handy?", fragte Mr. Baker und strich sich mit dem rechten Zeigefinger durch den Oberlippenbart. Nicht nur seine Stimme war müde, auch seine Augen. „Was soll das sein?"

„Sie wissen nicht, was das ist?" Luke konnte es nicht fassen. Musste er dem Ordnungshüter tatsächlich erklären, was ein Handy war?

„Das ist ein Telefon ohne Kabel, es funktioniert über Satellitenverbindung", erklärte er. „Man ist damit rund um die Uhr auch unterwegs erreichbar. Und wegen der geringen Größe passt es in eine Hosentasche."

Der Sheriff senkte schüttelnd den Kopf. „Sachen gibt's."

Luke glaubte immer weniger, dass der Sheriff, der Freund und Helfer, ihm einen Weg nach Hause zeigen würde. Mr. Baker war genauso seltsam wie die Dinge, die im Diner und im gesamten Ort vor sich gingen.

Beim Betrachten der amerikanischen Flagge am Eingang von Samantha's Place fiel Luke auf, dass die achtundvierzig Sterne im Sternenfeld blockförmig in Reih und Glied standen. Eine Version der Siegesflagge zu Zeiten der beiden Weltkriege. Erst 1959 kamen Alaska und Hawaii als weitere Bundesstaaten hinzu. Überhaupt schien alles in den 1950ern gehalten zu sein. Die Flagge, das Diner, das Zimmer des Doktors. Eine Art Freilichtmuseum. Doch wenn dem so war, warum zeigte man im Diner Standbilder von Serien aus den Achtzigern? Und warum fuhren die Holzfäller 2011er Pick-up-Trucks? Das alles passte irgendwie nicht so richtig zusammen.

„In meinem Büro habe ich noch einen Holzschläger von

Ihnen, auf dem das gleiche Wappen abgebildet ist wie auf Ihrer Mütze. Und dann noch so ein Stab, der leuchtet, wenn man auf einen Knopf drückt."

Luke horchte auf. Damit war bestimmt seine Taschenlampe gemeint. Besaß der Sheriff demnach auch das Bild von Victoria? Würde er ihm das auch noch mitteilen und später aushändigen, oder würde er das Bild für sich behalten, weil Victoria ihn antörnte?

„Ich bin kein Verbrecher, Sheriff, ich habe keine Bank überfallen, und auch niemanden umgebracht. Ich hatte einen Autounfall und will einfach nur nach Hause."

„Kaffee?", fragte eine junge Bedienung, Ende zwanzig, mit einer Kaffeekanne in der Hand. Ihre verführerischen Kurven wurden von einer luftigen Bluse und einer betonenden Jeans bedeckt. Als der Sheriff ihr seine Tasse reichte, schenkte sie ein. Dabei warfen ihre katzengrünen Augen einen flüchtigen Blick zum Fremdling. Die blonden Haarsträhnen, die ihr beim Einschenken ins Gesicht gefallen waren, streifte sie sich unbewusst hinters Ohr. Dann fragte sie Luke, ob er auch einen Kaffee wolle und lächelte.

Luke antwortete mit „Gern". Das war das Einzige, was er aus seinem Mund herausbekam, während er konzentriert in ihre Augen sah. Er traute sich nicht, einen Blick auf ihre verführerische Figur zu werfen. Eine innere Stimme sagte ihm, dass dies den Sheriff verärgern könnte.

Die Bestätigung folgte prompt. Als die junge Frau sich vom Tisch entfernte, schaute der Ordnungshüter ihr kurz hinterher und prüfte sodann, ob der Fremde ihm gleichtat.

Wollen Sie mir sagen, dass die Dame zu Ihnen gehört, Sheriff?

„Sie hatten also einen Autounfall?", führte Mr. Baker den Fremden zurück ins Gespräch.

Luke nahm einen Schluck aus der Kaffeetasse. Das kräftige Aroma kroch in seine Nase. Der Kaffee schmeckte verdammt gut! Dann beobachtete er das Treiben auf und vor dem Fischerboot, welches wenige Hundert Meter vom Diner entfernt am Steg angelegt hatte. Das Meeresgefährt besaß eine kleine Kajüte; und am Bug eine Harpunenkanone. Die Fischer brachten ihren Tagesfang von Bord und schleppten es in ein Bootshaus aus Holz direkt am Steg.

„Das sagte ich Ihnen doch bereits, Mr. Baker! Ich konnte wegen des dichten Nebels nicht einmal einen Meter in die Ferne sehen, als *ES* plötzlich vor mir stand. Bei dem Versuch auszuweichen, überschlug sich mein Wagen. Als ich wieder zu mir kam, fand ich mich in einem Wald wieder; die Straße spurlos verschwunden. Also bin ich ohne Orientierung einfach losgegangen, bis ich nach einer Weile auf ein rotierendes Licht stieß." Luke zeigte auf den Leuchtturm und nahm sodann einen weiteren Schluck vom Kaffee. Der schmeckte wirklich fantastisch. „Ich folgte dem Licht des Leuchtturms, bis Sie mich mit Ihrer Neandertalerkeule bewusstlos geschlagen und in die Höhle gezogen haben."

Mr. Baker ignorierte die provokanten Worte. „War *ES* ein Elch? Ein Wildschwein?"

„Sie meinen, dem ich ausweichen musste?"

Mr. Baker nickte.

Vor dem Diner stoppten die beiden Ford Raptor, die kurz zuvor vorbeigefahren waren. Die kräftig gebauten, breitschultrigen Holzfäller stiegen aus; oder sprangen von den Ladeflächen herunter. Sie betraten das Diner und setzten sich in die hinterste Ecke. Einer von ihnen, vermutlich der Chef, nickte dem Ordnungshüter beim Vorbeigehen zu.

„Sheriff."

Der Sheriff nickte stumm zurück.

Luke hatte bei den Männern ein ungutes Gefühl und schwieg. Sie schienen über seine Anwesenheit nicht erfreut zu sein und signalisierten ihm das mit ihrer feindlich gestimmten Körpersprache und ihren aggressiven Blicken. Um einen Konflikt zu entgehen, kam Luke wieder auf den Unfall zu sprechen. „Das war kein Elch oder Wildschwein, das war ein Kind! Da bin ich mir sicher."

„Ein Kind?" Zum ersten Mal während der Unterhaltung wurde Mr. Baker hellhörig. „Etwa ein Junge?"

Warum will er das wissen? „Es ging alles so schnell, aber ja, ich glaube, es war ein Junge. Wieso?"

Der Sheriff trank den restlichen Kaffee in einem Zug aus, schnappte sich seinen Hut und stand auf.

„Mr. Vremdalleen, ich möchte Sie herzlich willkommen heißen, trotz aller Umstände, die Sie hier erleiden mussten – und wohl noch werden. Dennoch werde ich Sie im Auge behalten! Das ist mein Job!"

„Verstehe!"

Mr. Baker brachte seine leere Kaffeetasse zur attraktiven Bedienung an die Theke. „Samantha, der Kaffee des Mannes geht auf mich."

Die junge Bedienung nahm die Tasse lächelnd entgegen. „Ist gut, Dad. Bis später."

Das hätte ich mir denken können! Vater und Tochter.

„Danke für den Kaffee, Sheriff."

Mr. Baker blieb in der geöffneten Tür stehen und spielte mit dem Hut in seinen Händen. „Keine Ursache. Sie können vorübergehend im Hinterzimmer des Diners übernachten. Samantha dürfte nichts dagegen haben. Aber halten Sie Ihre

Hände an sich. Ihre Gang aus New York kann Ihnen hier nicht helfen. Wenn Sie heil nach Hause wollen, stellen Sie sich gut mit mir! Verstanden?"

„Wie komme ich nach Hause, Sheriff?"

„Willkommen in Hopeville, Mr. Vremdalleen!" Mr. Baker setzte sich seinen Hut auf und verschwand.

Kaum war er außer Sichtweite, kam Samantha mit der Kaffeekanne zu Luke an den Tisch. „Darf ich dir neuen Kaffee einschenken, oder etwas Anderes bringen?"

Kaum hat dein Vater den Laden verlassen, sind wir beim Du? Warum eigentlich nicht.

„Gern. Der Kaffee ist echt gut!"

Sie schenkte ein und lächelte. Als sie zum Tresen zurückkehrte, folgte er ihr. „Ich heiße Luke. Wo ist das Zimmer, in dem ich bleiben kann?"

Samantha strahlte ihn freundlich an. „Freut mich. Ich bin Samantha. Du kommst über den Seiteneingang in das Zimmer. Aber nicht erschrecken, dort sieht es momentan wie in einem Lager aus. Es gibt ein Gästebett, in dem du dich ausruhen kannst. Leider können wir dir momentan nichts Anderes bieten." Sie überreichte ihm einen Schlüssel mit einem kleinen Lederriemen daran.

Ich habe nicht vor, länger zu bleiben als nötig.

„Darf ich telefonieren oder eine E-Mail schreiben?"

„Ich habe hier leider kein Telefon", sagte Samantha, während sie neuen Kaffee aufsetzte, „aber vielleicht kann mein Dad morgen etwas für dich tun. Vielleicht weiß er, was eine E-Dings ist. E-Mail, richtig?"

Du weißt nicht, was eine E-Mail ist, und dein Vater kennt kein Handy. Lebt ihr hier hinter dem Mond?

„Darf ich dir eine Frage stellen?"

„Sicher."

„Mr. Baker, also dein Vater, ist er immer so drauf? Oder hat er nur einen schlechten Tag?"

„Er ist ein guter Mensch und beschützt uns so gut wie es geht."

„So gut wie es geht? Wie meinst du das?"

„Wir verdursten hier, Schätzchen", schrie ein Holzfäller mit aggressiver Stimme dazwischen. „Wann kommst du endlich wieder mit der Kaffeekanne rum!?"

„Tut mir leid, Luke. Ich muss mich um die Männer kümmern. Können wir uns später weiter unterhalten?"

16

Es war spät, und das Samantha's Place hatte bereits geschlossen. Luke lag im Bett des Gästezimmers, wo es sogar ein Waschbecken und eine Toilette gab. In dem Raum schienen öfters Leute ihren Rausch auszuschlafen, so sein Gedanke. Sein Körper war müde, sein Geist hellwach. An Schlaf war nicht zu denken. Auf der Suche nach Inspiration hatte seine blöde Neugier ihn dazu verleitet, die ursprünglich geplante und eher entspannte Reise durch New England gegen einen Trip ins Ungewisse zu tauschen, angereichert mit Mord und Mystery. Und was hatte er nun davon? Er steckte in einem Kaff im Nirgendwo fest. Ohne zu wissen, was es mit dem Kind und dem bizarren Ort auf sich hatte; und wie er wieder nach Hause kam.

Die Baseballmütze hatte er wieder, und die Taschenlampe und der Baseballschläger befanden sich im Büro des Sheriffs, aber der Pick-up-Truck mit den anderen Sachen wie Papiere, Handy oder das Bild von Victoria blieben weiter verschwunden.

Ein Telefongespräch zu führen oder eine E-Mail zu schreiben war nicht möglich. Nicht, weil die Bewohner es ihm verboten, sondern weil sie nicht über diese Technik verfügten – so schien es. Der Sheriff kannte keine Taschenlampe und kein Mobiltelefon. Samantha hatte noch nie etwas von E-Mails und Internet gehört. Und das Fernsehgerät im Diner zeigte konfuse Standbilder von Serien aus den Achtzigern. Irgendetwas stank hier gewaltig. Wie gern würde er jetzt in New York mit einer Schreibblockade am Schreibtisch sitzen.

Wie kam er ohne Auto, Handy und fremde Hilfe nach Hause? Sollte der Sheriff ihm keinen eindeutigen Weg aufzeigen, so würde er selbstständig nach einer Lösung suchen.

Hoffentlich machten sich seine Eltern keine Sorgen, schließlich hatte er sich seit langer Zeit nicht mehr bei Ihnen gemeldet. Selbst Max dürfte ihn in mindestens einer Textnachricht gefragt haben, warum er nicht antworte. Von Victoria erwartete er keine Antwort mehr. Obwohl er regelmäßig an sie dachte, wollte er sie von nun an beziehungstechnisch abhaken. Sie hatte seine Abwesenheit mit Sicherheit nicht einmal bemerkt. Wo immer sie jetzt auch steckte, sie kam offenbar ganz gut ohne ihn zurecht.

Das Grübeln und das ungemütliche Gästebett trieben ihn schließlich vor die Tür. Er brauchte frische Luft.

17

Luke spazierte die menschenleere Küstenstraße entlang. Offenbar war er der Einzige, der nicht schlafen konnte. Das war für ihn, den neugierigen Autor, die Gelegenheit, sich im Ort etwas umzuschauen. Doch der lichtspendende Vollmond versteckte sich hinter einer Wolkendecke und ließ die Stadt im Dunkeln; und die Straßenlaternen erleuchteten die Kleinstadt nur spärlich. Eine Erkundung brächte also nichts. Lieber bei Tageslicht nach weiteren Optionen umsehen. Zumal die Gefahr bestand, dass der Sheriff ihn beim Schnüffeln erwischte. Und mit diesem wollte er es sich nur ungern verscherzen.

Das Bootshaus und der angrenzende Steg, an dem ein Ruderboot angebunden war, wurden vom rotierenden Lichtstrahl des Leuchtturms wiederkehrend aus der Finsternis hervorgehoben. Und genau dorthin zog es den Fremden. Er betrat den Steg und setzte sich an dessen Ende. Das war ja nicht verboten; selbst hier nicht. Er zog die Schuhe und Socken aus, schob die Hosenbeine bis zu den Knien hoch und tauchte die Füße ins Wasser. Das feuchte Nass plätscherte regelmäßig gegen die Holzpfeiler. Über Lukes Haut glitt eine leichte Brise.

Schon als kleiner Junge, noch in Amsterdam lebend, hatte die Sicht aufs Wasser eine beruhigende Wirkung auf ihn. Nicht jedoch unter diesen kuriosen Umständen. Zu viele Fragen schwirrten in seinem Kopf umher. War er wirklich auf den Sheriff angewiesen, um von hier wegzukommen?

Würde der Sheriff ihn jemals gehen lassen? Wenn ja, wann? Gleich morgen? Wie könnte er das Städtchen alternativ auch ohne fremde Hilfe verlassen? Fuhr ein Linienbus in die nächste Stadt? Oder würde ein Bewohner ihn dorthin mitnehmen? Ein ausgehendes Telefonat würde schon reichen.

Wäre er bloß zu Victoria nach Las Vegas gefahren. Hätte sie ihn dort abgewiesen, wäre er im schlimmsten Fall an den bunten Spieltischen oder in einer der zahlreichen Unterhaltungsshows gestrandet. Oder noch besser: Er hätte jetzt ein Date mit Lucienne in New York.

Hopeville, so hatte Sheriff Baker den kuriosen Ort genannt, war nicht Las Vegas; und nicht New York. Er fühlte sich wie ein … Ali-eeeen.

Luke sprang von der Stegkante weg. Irgendetwas hatte seine Fußgelenke gepackt und zum Glück wieder losgelassen. Hätte man ihn ins Wasser ziehen wollen, so wäre er im dunklen Ozean verschwunden. Für immer.

Mit angsterfüllten Augen und klopfendem Herzen traute sich Luke wieder langsam an die Stegkante heran und warf einen prüfenden Blick aufs Wasser. Es war jedoch zu dunkel und zu neblig, um etwas darin zu erkennen. Dann fiel eine Glasscheibe in sich zusammen.

Das kam aus dem Bootshaus!

Luke drehte sich um. In dem Augenblick, als der Lichtstrahl des Leuchtturms über das Bootshaus glitt, sah er einen Schatten ins Innere schreiten. Er konnte nicht erkennen, wer es war; wobei er außer Samantha und Sheriff Baker sowieso niemanden von hier kannte. Einen Holzfäller schloss er aus; die Statur des Schattens war zu schmächtig. Zudem waren die Holzfäller bisher immer nur im Rudel unterwegs gewesen.

Eine weitere Scheibe zerbarst.

Luke ergriff die Flucht, ließ seine Schuhe und Socken zurück. Dumm nur, dass er das Bootshaus passieren musste, um die sichere Straße zu erreichen. Sollte der Schatten überraschend heraustreten und ihm in die Arme laufen, wäre alles aus.

Und so duckte er sich unter das eingeschlagene Fenster des Bootshauses und lauschte. Im Inneren war es vollkommen still. Wusste der Schatten, dass Luke unter dem kaputten Fenster hockte? War der Schatten bewaffnet? Etwa mit einer Handfeuerwaffe oder Axt?

Das rotierende Licht erhellte das Bootshaus ein weiteres Mal, und Luke warf vorsichtig einen ängstlichen Blick hinein. Er erkannte die Umrisse von Regalen, Fischernetzen, Harpunen und einer Werkbank; und neben der Tür hingen Wurfspieße an der Wand. Hinzu kam der Gestank der Fische, die die Fischer am Abend hier eingelagert hatten. Vom Schatten selbst jedoch keine Spur.

Da ist definitiv jemand hineingegangen. Wo ist er oder sie nur hin? Hätte der Schatten das Bootshaus verlassen, hätte ich das doch mitbekommen.

Beim nächsten Lichteinfall warf Luke einen weiteren vorsichtigen Blick hinein. Aber wieder war niemand zu sehen. Wie war das nur möglich? War es doch nur eine optische Täuschung gewesen?

Unbewusst und behutsam drückte Luke die Türklinke herunter. Diese war nicht abgeschlossen und öffnete sich. Er schritt hinein und fixierte die Wurfspieße neben der Tür. Dabei übersah er die Glasscherben des zersplitterten Fensters, die auf dem Boden lagen. Sie schnitten sich in seine nackten Fußsohlen. Den Schrei, der bei diesen Schmerzen eine normale Begleiterscheinung gewesen wäre, konnte er unterdrücken, aber dafür fiel die Tür hinter ihm quietschend ins Schloss.

Aus Angst entdeckt worden zu sein, hechtete Luke zu den Wurfspießen, schnappte sich einen und hielt die Spitze in den dunklen Raum hinein. Seine blutigen Fußsohlen waren kurz vergessen. Vom Überlebenstrieb verstummt. Er stocherte in allen vier Ecken blind umher, doch das Einzige, was er dabei *killte*, waren die Fischernetze, die sich in dem Wurfspieß verhedderten. Luke war im Bootshaus ganz allein. Er wollte schon erleichtert aufatmen, als von draußen ein Kinderlachen ertönte.

„Hahaha! Hihihi!"

Luke schaute durch das Fenster, das zum Ozean hinausging und ebenfalls eingeschlagen worden war.

Das zweite Scheppern vorhin!

Er rieb sich die Augen. Das konnte wirklich nur eine optische Täuschung sein. Das, was er sah, konnte unmöglich real sein. Er musste definitiv träumen, halluzinieren oder einen an der Waffel haben. Zuerst wollte ihn jemand oder irgendetwas ins Wasser ziehen, dann tauchte am Bootshaus ein Schatten auf und jetzt das.

In leichter Entfernung im Ozean, auf einem der Felsen, saß ein Kind, welches durch das rotierende Licht des Leuchtturms immer wieder aus der Dunkelheit hervorgehoben wurde. Es war etwa fünf bis acht Jahre alt, hatte helle, zerzauste Haare und trug eine zerrissene blaue Latzhose sowie ein rotweiß gestreiftes Shirt. Da es mit dem Rücken zu Luke saß, konnte dieser nicht erkennen, ob es ein Junge oder ein Mädchen war.

War es etwa dasselbe Kind, dem er auf der Route One ausweichen musste? Wie war es dorthin gelangt, umgeben von wildem Gewässer? Es konnte unmöglich allein dorthin geschwommen sein. Dafür war es zu jung, und das Wasser zu rebellisch. Den Gedanken, dass die Eltern oder andere Erwachsene es dort ausgesetzt haben könnten, verwarf er schnell. Zugegeben, die Bewohner benahmen sich seltsam, aber bestimmt nicht gegenüber ihren eigenen Kindern. Oder etwa doch? Oder spielte sein Gehirn einen Streich?

Luke verließ das Bootshaus, rannte zur Stegkante und schrie: „Hey! Alles in Ordnung?" Doch das Kind regte sich nicht.

„Wie bist du dahin gekommen?"

Wieder keine Reaktion.

„Wie heißt du?"

Das Kind sagte nichts, bewegte sich nicht, es saß wie eine Statue auf dem Felsen.

„Kannst du mich hören?"

Gleich drehe ich durch!

Luke hatte einen langen Tag mit vielen Eindrücken hinter sich, er war übermüdet und gereizt, und er hatte von Mr. Baker einen Schlag an den Hinterkopf bekommen. Aber reichte das aus, um den Verstand zu verlieren? Um die Illusion eines Kindes zu erzeugen? Oder war es eine Puppe, dessen Lachen von einem Tonbandgerät stammte?

Luke musste der Sache nachgehen. Nicht, dass das Kind tatsächlich existierte und wegen seiner unterlassenen Hilfeleistung starb. Hilfesuchend rannte er zur Straße hinauf und schrie in alle Richtungen. „Hilfe! Hilfe! Da ist ein Kind im Wasser! Wir müssen es retten!"

Niemand reagierte auf sein Geschrei und Gebrüll. In den

Häusern blieb es dunkel. Keine neugierigen Nasen hinter den Gardinen, keine hervorschauenden Langhälse an den Häuserecken. Keine Fenster und Türen, die sich öffneten.

Was wird hier gespielt?

Erst beim genaueren Umsehen bemerkte er, dass der Straßenasphalt aufgesprungen und das harmonische Weiß der Häuser verschwunden waren. Stattdessen Risse und bröckelnde Fassaden. Der gepflegte Rasen in den Vorgärten war ins Unermessliche gewachsen; die Zäune morsch. Hopevilles strahlender Glanz war verflogen. Das vorbildliche Städtchen glich einer heruntergekommenen Geisterstadt nach einem Bürgerkrieg.

„Hilfe! Ein Kind ist in Gefahr!", schrie Luke erneut, doch niemand tauchte auf. Niemand eilte ihm zur Hilfe. Nicht einmal der Sheriff. Waren die Bewohner alle verschwunden?

„Hahaha! Hihihi!"

Enttäuscht und zugleich fest entschlossen, das Kind zu retten, rannte Luke zum Bootshaus und dem Steg zurück, an dem das Ruderboot festgemacht war.

„Halte durch, ich bin gleich da!"

Das Kind, welches bis eben mit dem Rücken zu ihm gesessen hatte, drehte sich lachend um. Das Mondlicht schien auf den Hinterkopf und verbarg das Gesicht.

Luke sprang in das Ruderboot, machte es los und ruderte mit dem Rücken zum Felsen. Gelegentlich drehte er sich um, um zu sehen, wie weit es noch bis zum Kind war.

„Hahaha! Hihihi!"

„Halte durch!"

Am Felsen legte Luke die Ruder ins Boot und hielt dem Kind eine helfende Hand hin. „Komm zu mir! Ich bringe dich ans Ufer. Zurück zu deinen Eltern."

„Hahaha! Hihihi!" Das Kind lächelte und deutete auf das offene Gewässer.

Die Wellen wurden größer, heftiger und traten in immer kürzeren Intervallen auf. Das Ruderboot schaukelte immer mehr. Luke klammerte sich am Boot fest und blickte mit zusammengekniffenen Augen in die dunkle Finsternis. Er konnte nichts erkennen. Nicht einmal Umrisse.

„Was willst du mir zeigen? Was ist da draußen?"

Ganz gleich, was in der Dunkelheit lauerte, Luke musste mit dem Kind schnellstmöglich vom Felsen verschwinden. Gerade als er sich dem Kind zuwandte, schwenkte das Licht des Leuchtturms über den Felsen hinweg und legte erstmals das Gesicht des Kindes frei.

Luke fröstelte es. Zwei pupillenlose weiße Augen starrten ihn an. Es war ein Junge, und dieser Junge zeigte weiter lachend auf den düsteren Ozean. „Hahaha! Hihihi!"

18

Wie der Hase im Scheinwerferlicht eines herannahenden Fahrzeugs blickte Luke auf das offene Meer. Was auch immer die Nebelwand verbarg, es sorgte für einen erhöhten Wellengang. Luke musste sich im Ruderboot gut festhalten. Wasser schwappte hinein. Für die rasante Wasserverdrängung war jedoch kein aufkommender Sturm verantwortlich, sondern etwas Großes, das auf ihn zusteuerte.

Luke wollte das Kind ins Boot zerren und verschwinden, doch …

Das Kind!

Es war weg!

Und so schnell wie es sich in Luft aufgelöst hatte, so plötzlich durchbrach ein Fischerboot die Nebelwand und raste auf Luke zu.

Auf dem Deck grölten die Fischer wie wilde Primaten durcheinander. Bis einer von ihnen, vermutlich der Käpt'n, ein Lied anstimmte.

„Old Billy Riley was a dancing master," sang dieser, und die anderen antworteten ihm singend: „Old Billy Riley, Old Billy Riley!"

Das Fischerboot rammte den vorderen Teil des Ruderbootes und drückte es gegen einen Felsen. Das Boot schlug leck. Das Wasser drang jetzt ungehindert hinein, und Luke bekam nasse Füße. Der Windhauch, den er kurz an seinem Kopf verspürte, entpuppte sich als ein langer, spitzer Gegenstand.

Ein Speer!

Der Käpt'n sang: „Old Billy Riley has a nice young daughter." Der Chor antwortete: „Old Billy Riley, oh Old Billy Riley! Old Billy Riley, oh Old Billy Riley!"

Das Fischerboot wendete und beschleunigte für den nächsten Angriff auf volle Knoten. Am Bug wurde die Harpunenkanone beladen und neu ausgerichtet. Der nächste Angriff sollte der Letzte sein. Luke wusste, dass er eine direkte Konfrontation mit dem Fischerboot nicht überleben würde; weder im Ruderboot sitzend, noch auf den Felsen kletternd, auf dem bis eben noch das Kind gesessen hatte. Ihm blieb keine andere Wahl, er sprang in das aufgewühlte dunkle Nass. Und das noch rechtzeitig, denn wieder flog etwas knapp über seinen Kopf hinweg.

Luke schwamm gegen die starken und unberechenbaren Wellen an, die ihn vom rettenden Steg wegtrieben und zu den Klippen drängten. Das Meereswasser schwappte mit jedem Atemzug in sein Gesicht und gelangte mit jedem Atemzug in seinen Rachen.

Da erschien das Tauchen die bessere Option, und so schwamm er solange unter Wasser, wie er ohne Sauerstoff auskam. Als er zum Luftholen wieder an die Oberfläche kam, vergewisserte er sich, dass er nicht zu weit vom Steg abkam und tauchte dann wieder ab. Weg vom Unheil, hin zum rettenden Ufer.

Beim nächsten Mal Luftholen erhellte der Lichtstrahl des Leuchtturms den Steg. Trotz eingeschränkter Sicht glaubte Luke, dort die fragile Gestalt eines Mannes in dunkler Kleidung zu sehen, vor dessen Brust etwas Glitzerndes hing. Möglicherweise ein kleines Kreuz, in dem das Mondlicht reflektierte. Der Mann wippte mit den Beinen, während sich seine Lippen pausenlos bewegten; sein Gesicht glich dem des Gevatter Tod.

Warum unternahm der Mann denn nichts? Stand einfach nur da und … betete?

„Hey … blubb!", rief Luke, und prompt klatschte ihm eine Welle ins Gesicht. Wasser drang in den Hals.

Der Lichtstrahl des Leuchtturms ließ den Steg für eine Runde im Dunkeln, und als er diesen wieder beleuchtete, war die fragile Gestalt mit dem knochigen Gesicht verschwunden.

Dafür hatten die Fischer Luke wiederentdeckt. Zuerst erfasste ihn der Suchscheinwerfer, dann zischte eine Harpune durch die Luft und streifte seine rechte Schläfe.

Seine Sinne schwanden, er konnte sich nicht mehr über Wasser halten und drohte bewusstlos im Ozean zu versinken. Nur dank eines weiteren Pfeils, der ihn knapp unter Wasser verfehlte, kam er vor Schreck wieder zu sich und schwamm an die Oberfläche. Der Steg schien mittlerweile eine Million Lichtjahre entfernt. Mit eigener Kraft würde er das rettende Ufer nicht mehr erreichen. Das wilde Nass war stärker als der untrainierte und geschwächte Autor aus New York City. Wie ein angeschlagener Fisch driftete er teilnahmslos umher, bis er mit seinen Schultern gegen eine Felswand prallte, die sich wie ein unüberwindbares Hindernis vor ihm erstreckte. Er saß wie auf dem Präsentierteller fest.

Der Suchscheinwerfer ließ ihn nicht mehr aus den Augen, das Fischerboot brachte sich in Stellung und die gut gelaunten Fischer stimmten ein neues Lied an. Zuerst der Käpt'n: „And when we sobered up, sir, we were far away out on the sea." Dann der Chor: „That's a lie, that's a lie, that's a lie, lie,

lie."

Luke wartete darauf, dass das Fischerboot sich in Bewegung setzte und auf ihn zufuhr. Er schloss mit seinem Leben ab. Statt Reue empfand er Dankbarkeit. Für das, was ihm gegeben worden war, und für das, was ihm in seinem Leben bislang widerfahren war. Selbst für die negativen Erfahrungen, denn diese hatten ihn physisch und psychisch gestärkt.

Doch das Fischerboot blieb auf seiner Position und warf mehrere Gegenstände ins Wasser. Luke, der die Einschläge hörte, konnte jedoch nicht erkennen, was sie über Bord schleuderten. Der grelle Suchscheinwerfer blendete, und das Meereswasser in seinen Augen erschwerte ihm die Sicht. Dann erlosch das Licht aus unerklärlichen Gründen, sodass Luke weiße Punkte erkannte. Diese schrien und brüllten; und schwammen auf ihn zu.

Die weißen Punkte waren … Augen!

Die Fischer, die an Bord geblieben waren, sangen ein neues Lied an.

Jetzt ging es ums nackte Überleben. Luke tastete die Klippenwand hinter sich ab und widersprach der inneren Stimme, die ihm sagte, den Angreifern unterlegen zu sein, dass er ihnen nicht entkäme. Sie sagte ihm auch, dass er ruhig sterben könne. Denn sollte er das hier überstehen und nach New York zurückkehren, so war dort nichts, was auf ihn wartete. Weder Victoria noch eine Geschichte, die es wert war, in Buchform veröffentlicht zu werden. Er sei ein Versager. Seine Eltern und Max würden mit seinem Tod schon fertig werden. Das Leben ging schließlich weiter.

Dann traf ihn etwas im Nacken. Er fasste hinter sich und ertastete halb blind ein Seil, zog daran und spürte Widerstand. Offenbar war es an irgendetwas oberhalb der Klippenwand festgemacht.

Das Seil kam, wie ein Zeichen des Himmels, zur richtigen Zeit. Ohne zu zögern, zog Luke sich an diesem hoch, raus aus dem Wasser. Wo er im Sportunterricht stets versagt hatte, nämlich an einem Seil bis zur Hallendecke hochzuklettern, diese anzuschlagen und sich wieder nach unten zu begeben, verlief in dieser Nacht wie am Schnürchen. Er schaffte die halbe Strecke ohne Unterbrechung nach oben, legte dann aber eine Atempause ein, weil seine Kondition nicht die Beste war. Seine Sportlehrerin hätte ihm garantiert die Note zwei gegeben, denn für eine Eins waren die Bewegungsabläufe nicht athletisch und fließend genug.

Die Rufe und der Gesang der weißleuchtenden Punkte schallten zu ihm hinauf.

„Haut ab!", schrie Luke außer Atem, dann kletterte er das Seil weiter hinauf, bis er die obere Kante der Klippenformation erreichte und die Laute der Fischer unter ihm verstummten.

19

Auf dem Rücken liegend, atmete er erschöpft ein und aus. Er war froh, wieder den Boden unter sich zu spüren. Seine körpereigenen Drogen und Glücksgefühle berauschten ihn und machten die brennenden Augen und Wunden erträglich. Für einen Moment vergaß er seine Verfolger.

Als er sich wieder an diese erinnerte, drehte er sich auf den Bauch und blickte den Abgrund hinunter, den er soeben hinaufgeklettert war. Die weiß leuchtenden Augen der Fischer waren verschwunden; wie auch das Fischerboot. Als ob der Ozean sie allesamt geschluckt hätte. Wie war das nur möglich? Phantasierte er? War das alles nur eine optische Täuschung gewesen?

Luke richtete sich auf und scannte die Umgebung nach Gefahren ab; und nach der Person, die ihm das Seil zugeworfen und damit das Leben gerettet hatte. Aber er war allein, so schien es. Das war die optimale Gelegenheit, seine Fußsohlen im Mondlicht zu betrachten und seine Ohren und Schläfen mit den Fingern abzutasten. Aus dieser Nacht würde er definitiv Narben davontragen. Körperlich als auch seelisch.

Nach dem Schock kehrte der Körper zur Normalität zurück und fing gegen Lukes Willen an, zu bibbern und zu zittern. Die nassen Klamotten, über die die kühle Meeresluft wanderte, klebte auf seiner Haut. Er musste so schnell wie möglich nach Hopeville zurück. Eine Erkältung konnte er zum jetzigen Zeitpunkt mal so gar nicht gebrauchen.

Wie nach dem Unfall mit dem Kind auf der Route One humpelte er wieder durch den Wald. Doch dieses Mal war es schlimmer. Auf dem Boden liegende Äste, kleine Steine, Erde und das raschelnde Laub drückten sich in die frischen Schnittwunden unter seinen nackten Füßen, die er sich im Bootshaus zugezogen hatte. Mit jedem Schritt brannten sie ein wenig mehr; und mit jedem zurückgelegten Meter wuchs die Müdigkeit. Er musste durchhalten. Das Städtchen lag ja quasi gleich um die Ecke. Der Ozean hatte ihn glücklicherweise nicht allzu weit vom Ufer weggetrieben, er sah das Licht des Leuchtturms durch die Bäume schimmern.

Was er heute Abend erlebt hatte, behielt er besser für sich. Die Geschichte würde man ihm, den merkwürdigen Fremden, sowieso nicht glauben. Der Sheriff würde ihn wegen geistiger Verwirrung eher wegsperren.

Die Müdigkeit obsiegte. Lukes Sinne schwanden, seine Beine machten schlapp. Er fühlte sich ausgelaugt, sein Kreislauf rotierte. Wie in einem Kettenkarussell sitzend, begannen die Bäume sich um ihn herum zu drehen. Anstelle der dudelnden Jahrmarktmusik erklang ein Kinderlied:

Vader Jacob! Vader Jacob!
Slaapt gij nog? Slaapt gij nog?
Alle klokken luiden! Alle klokken luiden!
Bim, bam, bom! Bim, bam, bom!

Luke erkannte das Lied und die Stimme wieder. Es war die Stimme aus dem Autoradio, kurz bevor das Kind ihm auf der Straße erschienen war. Wahrscheinlich dasselbe Kind, welches er aus dem tobenden Gewässer retten wollte. Luke glaubte allmählich, reif für die Klapse zu sein.

Vader Jacob! Vader Jacob!
Slaapt gij nog? Slaapt gij nog?

Woher kam die Stimme? Luke konnte die Richtung, aus der sie kam, nicht orten. Warum erlöste ihn denn niemand? Ganz gleich ob von Gott oder von Sheriff Baker und den Einwohnern von Hopeville, die ihm garantiert einen Streich spielten. Beides war besser, als den Bezug zur Realität verloren zu haben.

Das Lied klang ab, wurde leiser …

Alle klokken luiden! Alle klokken luiden!
Bim, bam, bom! Bim, bam, bom!

Die Kinderstimme entfernte sich, und Lukes Schwindelanfall verschwand. Die Bäume stoppten ihre Kreisbewegungen und nahmen wieder ihre angewurzelten Plätze ein.

Luke atmete auf, aber noch war die Nacht nicht zu Ende, noch steckte er im tiefen Wald fest. Und Hopeville ließ sich einfach nicht blicken. Ging er etwa immer wieder im Kreis?

Dann plötzlich: Hundegebell. Es drang durch den Wald; und kam näher. Einen Suchtrupp schloss Luke aus. Es gab keine Taschenlampen, die durch die Bäume und Äste flimmerten, keine Walkie-Talkies, die knarzten, und keine Helfer, die seinen Namen riefen, um von ihm eine Rückmeldung zu erhalten. Es gab nichts dergleichen. Die Hunde schienen herrenlos unterwegs zu sein. Wilde Bestien, die Lukes Fährte aufgenommen hatten.

Luke prüfte seine Optionen.

Option eins: Den Hunden begegnen und spekulieren, dass sie ihm freundlich gesinnt waren. Wenn nicht, so würden sie ihn zerfleischen.

Option zwei: Durch den Wald flüchten und in der Stadt Schutz suchen. Er traute den Bewohnern zwar weiterhin nicht, aber sie würden ihn garantiert nicht derart zerreißen wie die wilden Hunde. Nein, die Bewohner würden ihn nur kopfüber aufhängen und ausbluten lassen. Zudem hatte Option zwei einen weiteren Haken. Luke hatte Hopeville bisher nicht gefunden. Warum sollte er die Kleinstadt ausgerechnet jetzt finden? Blind auf der Flucht?

Beide Optionen sahen für ihn nicht rosig aus.

Dann fand er eine dritte Option, die eigentlich keine war. Es war eher Verzweiflung und immer noch besser, als stehenzubleiben. Mit dem heißen Atem der Hunde im Nacken rannte er los.

20

Er drehte sich nicht um, rannte einfach weiter. Die schmerzenden Peitschenhiebe der schwingenden Äste, die sich ihm in den Weg stellten, blendete er genauso aus wie die Schnittwunden an seinen Füßen, die unaufhörlich Schmerzsignale an das Gehirn schickten. Selbst der rutschige Untergrund hielt ihn nicht davon ab, die hohe Durchschnittsgeschwindigkeit beizubehalten.

Er war auf der Suche nach einem geeigneten Baum, und als er einen entdeckte, dessen untersten Äste ganz nah am Boden hingen und damit ein schnelles Hinaufklettern versprachen, steuerte er diesen an. Dumm nur, dass drei Dobermänner auftauchten und ihm den Weg zum Baum verwehrten. Luke änderte die Laufrichtung und suchte sich einen Neuen. Dabei übersah er eine größere Baumwurzel, die aus dem Boden ragte, und strauchelte. Er gebrauchte seine Handgelenke, um den Sturz abzufedern, und überdehnte sich dabei die Sehnen. Er landete direkt vor die Füße der Vierbeiner, die sich zu dritt vor ihm aufstellten.

Dann sprang einer von ihnen auf Lukes Brustkorb und bellte und fletschte mit den Zähnen. Luke roch den warmen Atem des Tieres, dessen Speichel im Gesicht hinunterlief. Doch keiner der Hunde biss zu. Sie schienen ihn für jemand anderes in Schach zu halten. Für jemanden, der sich näherte. Luke hörte, wie unter den herannahenden Schritten das marode Holz auf dem Waldboden zerbröselte. Die Hunde drehten ihre Ohren in jene Richtung.

„Wer ist da?", fragte Luke und blickte weiter in das Maul des aggressiven Raubtieres hinein. Die herannahende Person antwortete nicht.

„Sind das Ihre reizenden Hunde?"

Wieder keine Antwort; und jetzt auch keine Schritte mehr. Die Hunde stellten ihr Gebell ein und ließen von Luke ab, der heftig atmend liegen blieb. Noch bevor er überlegen konnte, aufzustehen, starrte er in ein doppelläufiges Metallrohr.

„Sind hier etwa alle gegen mich?", beklagte er sich. „Ich habe mir diesen Ort nicht ausgesucht. Bei der nächsten Gelegenheit bin ich weg! Versprochen! Sofern Sie mich am Leben lassen!"

Die doppelläufige Waffe verschwand in der Dunkelheit. Eine Hand kam auf ihn zu, packte ihn am Arm und zog ihn unterstützend hoch. Die Hand gehörte einem alten Ureinwohner, barfüßig, gekleidet in Flanellhemd und Jeans. Das Stirnband hielt seine langen grauen Haare aus dem Gesicht; und um seinen Hals baumelte eine dünne Kette mit einem Seeadler-Medaillon daran.

„Danke!", sagte Luke.

Der Ureinwohner schaute Luke schweigend an und ließ die schräg nach unten gerichtete Waffe für sich sprechen. Die Waffe forderte Luke wortlos auf, voranzugehen. Er gehorchte und schlug die befohlene Richtung ein. Die Hunde liefen friedlich nebenher.

„Darf ich fragen, wohin wir gehen?", fragte Luke, doch der Ureinwohner hinter ihm antwortete nicht.

„Ich bin Mr. Vremdalleen aus New York City. Durch einen Autounfall bin ich hier gestrandet. Können Sie mir sagen, wie ich wieder nach Hause komme?"

Die verletzten Fußsohlen machten ihm weiterhin zu schaffen. Jeder kleine Stein, jede Bodenwurzel und selbst die Blätter unter seinen Füßen riefen Schmerzen hervor. Aber diese Schmerzen waren aktuell das Einzige, was er verstand und auf die er sich verlassen konnte; und so biss er sich auf die Zähne.

„Hören Sie, ich möchte, dass der Arzt in Hopeville sich meine Wunden ansieht. Ich möchte keine Blutvergiftung bekommen."

Der Ureinwohner fühlte sich keiner Erklärung schuldig und schwieg. Und so stellte Luke das Reden ein. Er hoffte, dass der Mann ihn zum Sheriff führte, denn trotz der Waffe und den Dobermännern strahlte der Ureinwohner für ihn keine Bedrohung aus. Wobei stille Gewässer unergründlich und unvorhersehbar waren.

Aus dem Nichts tauchte ein kleines Holzhaus mit mehreren Zwingern davor auf, in denen ebenfalls Dobermänner steckten. Offensichtlich der Ort, den der Ureinwohner sein Heim nannte. So etwas hatte Luke inmitten des Dickichts nicht erwartet. Vollkommen irritiert, blieb er vor den Zwingern stehen. Die Hunde darin liefen auf und ab und bellten und kläfften; fletschten ihre Zähne und *knurrrrrrten*. War der Mann etwa doch böswillig? War er dessen Geisel? War er die nächste Mahlzeit für die Hunde?

Das Gewehr in seinem Rücken signalisierte ihm, weiter zu gehen, und Luke gehorchte abermals. So schnell wie die Anlage und das Haus aufgetaucht waren, so schnell waren sie wieder in der dunklen Nacht verschwunden. Wie auch das Gebell, welches nicht mehr länger zu hören war. Es wurde verdächtig ruhig im Wald. Selbst die Waldbewohner machten keinen Mucks.

Nach einer Weile erreichten sie die Straße, die durch den Wald verlief. Luke sah die Straßenlaternen, die einige Hundert Meter entfernt in Hopeville leuchteten. Ging es tatsächlich zurück in die Stadt?

Er wartete auf weitere Anweisungen, wartete, bis das Gewehr des Ureinwohners ihm eine neue Richtung vorgab. Aber nichts passierte.

Luke drehte sich um: keine Waffe, keine Dobermänner und kein Ureinwohner. Sie hatten sich alle in Luft aufgelöst.

Luke lachte kurz auf. Dieses *Verschwinden-Nummer-Dings* war hier wohl das Normalste der Welt. Für heute Nacht zumindest schien die Odyssee ein Ende genommen zu haben.

Auf dem Weg zurück nach Hopeville schoss ihm so viel durch den Kopf, der zu implodieren drohte. Die Liste an Fragen wurde immer länger.

Am Ortseingang poppte die Kirche auf. Sie stand den idyllischen weißen Häusern in nichts nach; nur ihr Kirchenturm allein überragte alle anderen Gebäude.

Vader Jacob! Vader Jacob!
Slaapt gij nog? Slaapt gij nog?

Da war sie wieder. Die Kinderstimme. Wie angestoßene Billardkugeln schallte sie gegen Lukes Schädel.

Alle klokken luiden! Alle klokken luiden!
Bim, bam, bom! Bim, bam, bom!

Er brauchte jetzt Gottesbeistand und kämpfte sich die Treppe hinauf. Wenn Gott ihm jetzt nicht half, wer dann?

Verzweifelt und mit letzter Kraft griff er zur Klinke der

Kirchentür und drückte diese nach unten. Ein überraschend brennender Schmerz durchfuhr seine Hand. Er ließ die Klinke sofort wieder los. Sie war teuflisch heiß. Der heilige Herr gewährte ihm keinen Einlass.

Vader Jacob! Vader Jacob!
Slaapt gij nog? Slaapt gij nog?

Die Glocken im Turm gerieten aus dem Takt, begannen in einem unerträglichen Rhythmus zu spielen. Risse schossen aus dem Erdboden empor und fraßen sich rasant durch das Gebäude hindurch, dessen weiße Mauerwerk ergraute. Die bunten Glaselemente in den Fenstern barsten und flogen wie Wurfgeschosse durch die Luft. Das große Kreuz am Glockenturm drehte sich kopfüber nach unten, weil sich die Schrauben durch die Erschütterungen zuvor herausgedreht hatten.

Alle klokken luiden! Alle klokken luiden!
Bim, bam, bom! Bim, bam, bom!

Die Kinderstimme bohrte sich tief in Lukes Kopf hinein. Blut lief aus seinen Ohren. Er ging auf die Knie. Wie war das nur möglich? Das war doch ein Haus Gottes? Dann brach er bewusstlos zusammen und blieb vor der Kirche liegen. Der Spuk endete. Die Stimme des Kindes verflog.

21

Die späte Nachmittagssonne kribbelte in seiner Nase und entlockte ihm einen Nieser. Er öffnete die Augen und stellte enttäuscht fest, dass er nicht in seinem Bett in New York City erwacht war – mit Victoria an seiner Seite. Alles nur ein Traum, dessen Bilder allmählich verblassten und von der Realität verdrängt wurden. Er lag im Gästebett im Nebenzimmer von Samanthas Diner.

Wie er von der Kirche dorthin zurückgekehrt war, wusste er nicht. Er konnte sich nicht daran erinnern, auf eigenen Beinen zurückgegangen zu sein. Das war ein weiteres Rätsel von bereits so vielen. In was für eine sonderbare Story war er da nur hineingeraten?

Er stieg aus dem Bett und streckte seinen steif gewordenen Oberkörper durch. Die Klamotten lagen verstreut auf dem Boden, und auf dem Kopfkissen, das von der Sonne wie der heilige Kral angestrahlt wurde, befanden sich drei kleine Blutflecke. Gemessen an dem, was ihm letzte Nacht widerfahren war, glich es einem wahren Wunder, dass er nicht in der Notaufnahme eines Krankenhauses aufgewacht war. Der Muskelkater und das Schädeldrücken fielen ebenfalls verhältnismäßig milde aus. Und der allmorgendliche Drang zur Toilette funktionierte einwandfrei.

Gott sei Dank.

Auf dem Weg zum Klo bemerkte er das vollkommen mit Blut verschmierte Waschbecken. Der Anblick war für ihn weniger grausam und schrecklich als vielmehr bizarr. Denn während seines Horrortrips letzte Nacht hatte er zu keiner Zeit Blut verloren, aber hier auf dem Zimmer so viel wie ein frisch geschlachtetes Schwein. Das ergab keinen Sinn.

Er warf einen Blick in den Spiegel über dem Waschbecken und führte seine Hand vorsichtig zum Kopf. Sein Spiegelbild hatte ein blutrot gefärbtes Handtuch um den Kopf gewickelt, fixiert mit einem Gürtel. Hatte er etwa im Halbschlaf seine eigenen Verletzungen gesäubert? Dem musste wohl so sein, denn er konnte sich nicht daran erinnern, einen Doktor aufgesucht zu haben; oder dass ihn jemand medizinisch behandelt hätte.

Er öffnete den Gürtel und nahm das Handtuch vorsichtig herunter, ähnlich wie Ärzte, die nach einer Gesichtsoperation die Mullbinden ängstlich vom Gesicht des Patienten abrollen und dann das Resultat begutachten. Seine rechte Schläfe und sein rechtes Ohr waren makellos. Sämtliche Wunden und Kratzer im Gesicht und am Kopf waren verschwunden. Dann hob er beide Füße einzeln hoch. Sie waren – wie nach einer professionellen Fußpflege – makellos. Die Schnittwunden an den Fußsohlen waren ebenfalls verheilt. Als hätten sie nie existiert.

Luke fasste sich einen Entschluss. Solange er in Hopeville verweilte, wollte er nicht weiter hinterfragen, was es mit den aggressiven Holzfällern, den angriffslustigen Fischern mit ihren pupillenlosen weißen Augen und dem bizarren Sheriff auf sich hatte. Oder warum die schönen weißen Häuser sich in marode graue Bauten verwandelten, wenn der mysteriöse Junge erschien. Der Ort war verflucht, keine Frage, und der Junge schien in allen mysteriösen Ereignissen verwickelt zu sein. Nein, er wollte einfach nur nach Hause. Er musste einen Weg zurück nach New York finden.

Dazu musste er aber am Leben bleiben. Kein leichtes Unterfangen.

Ich brauche frische Luft!

Luke öffnete die Tür, die ihn direkt nach draußen auf die Straße führte. Dass er, nur in einer Boxershorts bekleidet, halbnackt dastand, störte ihn nicht. Die Straße war menschenleer, und sollte ihn jemand aus einen der Fenster begaffen, so hatte man selbst schuld.

Die frische Luft auf seiner Haut und in seinen Lungen belebten ihn. Sein Kreislauf kam etwas in Schwung. Er streckte seine Arme und Hände nach oben, dann beugte er sich mit gestreckten Armen nach unten, sodass die Finger seine nackten Fußspitzen berührten. Dabei entdeckte er neben seinen Füßen die Kleidung eines Fremden, fein säuberlich auf dem Boden zusammengelegt: ein rotschwarz kariertes Flanellhemd und eine verwaschene Jeans. Er hob die Klamotten auf und nahm sie mit hinein, denn nach einigen Minuten in Unterwäsche war es draußen dann doch zu frisch. Das Hemd und die Jeans passten ihm wie angegossen. Er hätte zu gern gewusst, wem er diese Kleidung zu verdanken hatte; und woher die Person seine Kleidergrößen wusste. Zufall?

Nach der Morgentoilette und der kleinen Sporteinheit folgte, ganz klar, der Hunger. Luke wusste nicht, wie spät es war, als er das Gästezimmer verließ und die lange Glasfront des Diners hinunterlief. Als er die pechschwarzen Ford Raptor der Holzfäller und den Jeep des Sheriffs erblickte, glitt seine bereits angeschlagene Stimmung weiter ins Tal des Negativen hinab. Er befürchtete ein ähnliches Zusammentreffen wie am Tag zuvor; oder schlimmer.

Beim Betreten des Diners bemerkte er, dass die fehlerhafte amerikanische Flagge neben dem Eingang des Diners über Nacht ausgetauscht worden war. Die heutige Flagge, die leicht im Wind wehte, besaß fünfzig Sterne.

Die Holzfäller saßen wie gestern in der hinteren Ecke des Diners. Offenbar ihr Stammplatz. Und auch der Sheriff saß am selben Tisch am Fenster und nippte an seinem Kaffee.

„Guten Morgen, Mr. Vremdalleen", begrüßte dieser den Fremden, der in der Nacht offensichtlich kein Auge zugemacht hatte und entsprechend müde und gerädert wirkte.

„Ob der Morgen gut ist, werden wir noch sehen", erwiderte Luke mit gereizter Stimme.

„Schlecht geschlafen?"

„So ziemlich."

„Kein Morgenmensch, wie? Nehmen Sie Platz."

Luke warf einen flüchtigen Blick zu den Holzfällern und setzte sich zu Mr. Baker an den Tisch. Kaum Platz genommen, kam Samantha mit herunterhängenden Mundwinkeln herbei, stellte ihm wortlos eine Tasse Kaffee hin und kehrte an den Tresen zurück. Sie würdigte ihn keines Blickes.

Mr. Baker deutete auf Lukes Klamotten. „Nette Kleidung."

„Eine anonyme Spende."

Der Sheriff nickte. „Jemand scheint Sie zu mögen. Und auch ich werde meinen Teil dazu beitragen. Keine Sorge. Wir werden eine Lösung für Sie finden."

Wie gern Luke diesen Worten Glauben schenken wollte, doch bis dahin vertraute er nur sich selbst. „Ich brauch keine Lösung, sondern ein Telefon oder die Information, wann der nächste Bus die Stadt verlässt!"

„Ich bedaure, diesen Ort können Sie nicht verlassen! Jedenfalls nicht so, wie Sie sich das vorstellen. Wir sind hier nicht in New York."

Luke klammerte seine Hand fest um die Kaffeetasse und schielte auf den Fernseher.

Tod.

Abgeschaltet.

Kein Standbild irgendeiner zusammengewürfelten Serie aus den Achtzigern.

„Bei allem Respekt, Sheriff, wir leben in den USA! Im einundzwanzigsten Jahrhundert! Da muss niemand in einem Provinznest wie diesem hier feststecken!"

„Es gibt keinen Grund, meine Kleinstadt abzuwerten!", erwiderte der Sheriff mit müder Stimme. „Ich ziehe auch nicht über Ihren Höllenschlund her, dass Sie New York nennen!"

„Ich will einfach nur nach Hause, Sir!" Luke nahm einen Schluck vom Kaffee. Er roch weder das feine Aroma von gestern, noch schmeckte er dieses heraus. Der heutige Kaffee schmeckte lieblos und fad. Richtig abgenutzt. Als ob Samantha den Kaffee mit dem Wasser aus den Pfützen vor dem Diner gekocht hätte. Zumindest besaß das Getränk die gleiche Farbe. Und vielleicht war der Kaffee ja wirklich von gestern. Dem Sheriff und den Holzfällern schien die Plürre jedenfalls zu schmecken. Niemand beschwerte sich. Demnach lagen allein Lukes Geschmacksnerven am Boden.

„Wie gesagt, Mr. Vremdalleen, wir suchen nach einem Weg, Sie schnellstmöglich loszuwerden, glauben Sie mir! Aber jetzt muss ich los. Die Pflicht ruft."

Luke fragte sich, welche Pflicht das sein konnte. In diesem kleinen Ort war mit Sicherheit nicht viel los. „Wann wird das sein, Sheriff? Wann zeigen Sie mir einen Weg nach Hause?"

Mr. Baker schnappte sich seinen Hut und stand auf. „Bewahren Sie Ruhe, Mr. Vremdalleen! Hier tickt die Zeit anders." Er nickte Samantha zum Abschied zu.

Kaum war er mit seinem Dienstfahrzeug davongefahren und außer Sicht, erhoben sich auch die Holzfäller. Sie lächelten Samantha zu und begaben sich an den Tisch, an dem Luke saß. Dieser stellte sich auf Ärger ein. Die Männer waren in der Überzahl und ihm physisch überlegen. Es wäre ein Leichtes, ihn zu greifen und über die Tischplatte hinweg nach draußen zu zerren und dort zu verprügeln. Vor allen Leuten sichtbar. Als Warnung. Für ihn und allen anderen, die daran dachten, ihm zu helfen.

Einer der Holzfäller klopfte auf die Tischplatte und zog an Lukes rotschwarzkariertem Flanellhemd, das denen der Holzfäller glich. „Na? Gefällt es dir hier? Du passt dich uns ja schon an. Aber mach es dir nicht zu gemütlich! Der Wind wird rauer, mein Freund!"

Das Gelächter unter den Holzfällern war so dominant, dass man es noch von innen durch die Glasscheibe hören konnte, nachdem sie das Diner verlassen hatten und amüsiert in ihre Fahrzeuge stiegen. Dann fuhren sie davon.

Luke blieb allein im Diner zurück, denn auch Samantha war verschwunden. In New York City wäre eine unbeaufsichtigte Lokalität unvorstellbar und für Gelegenheitsdiebe ein Schlaraffenland. In Hopeville war dies wohl weniger problematisch. Abgesehen von den seltsamen Zwischenfällen wirkte die Kleinstadt nicht wie ein kriminelles Pflaster. Für den Sheriff konnte es demnach nicht so viel zu tun geben, dass man den Fremden im Diner schmoren ließ. Das war reine Schikane. Strenggenommen bedurfte es hier keiner Polizei, sondern die Ghostbusters, die Men in Black oder das FBI mit einer neuen X-Akte. Der Ort bot vieles, was geisterhaft und mysteriös erschien. Oder hatten die Einwohner Spaß daran, Fremden einen Streich zu spielen, sie zu quälen, sie zu zermürben oder gar zu töten? Man schien ihn ja zu hassen; besonders die Holzfäller. Und dass Samanthas Sympathien für ihn über Nacht verschwunden waren, stimmte ihn traurig. Warum zeigte sie ihm plötzlich die kalte Schulter? Was war passiert? Er hatte so sehr auf ihre Unterstützung gehofft.

Was auch immer hier vor sich ging, wollte Luke eigentlich gar nicht wissen. Hopeville war nicht seine Heimat, und kein Ort, an dem er länger verweilen wollte. Er könnte schon längst glücklich auf dem Weg nach Hause sein, wenn der Sheriff und die anderen ihn ließen, dann wären sie ihn endlich los. Doch wie kam er nach Hause? Ein Telefon stand ihm ebenso wenig zur Verfügung wie ein Computer oder Laptop für E-Mails oder Google Maps. Er konnte keinen Kontakt zu seinen Eltern oder zu seinem Kumpel Max herstellen; und auf Victoria wollte er nicht weiter bauen.

Soll sie doch in der Wüste Nevadas verrecken.

Statt weiter tatenlos im Diner herumzusitzen, verließ er es.

22

Trotz des Nieselregens war die Küstenstraße belebt. So ziemlich jeder Bewohner war auf den Beinen und starrte den Fremden an. Die Holzfäller waren offenbar im Wald unterwegs und fällten Bäume, denn sie waren nirgendwo zu sehen. Und die Fischer waren mit ihrem Fischerboot bereits auf dem Wasser.

Lieber die Meeresbewohner als mich, dachte Luke. Er hielt es für besser, die Bucht, den Steg und das Bootshaus bis auf Weiteres zu meiden. Dort gab es sowieso keinen Computer und kein Telefon. Wie fast überall in der Kleinstadt. Es gab nicht einmal oberirdisch verlaufene Telefon- und Stromleitungen. Dass diese unterirdisch verliefen, schloss Luke aus. Nicht, dass dies technisch nicht möglich sei, aber kein Unternehmen würde im Niemandsland meilenweit Leitungen unter der Erde verlegen; zu kostenintensiv. Strommasten waren da deutlich günstiger. Dennoch hatte Hopeville nachweislich Strom. Wie im Diner etwa, wo die Kaffeemaschine gluckerte, die Jukebox dudelte und der Fernseher 1980er-Serien-Standbilder präsentierte. Und auch die Straßenlaternen bezogen von irgendwoher ihren Saft.

Zurück zum Telefon. Luke erblickte den Einkaufsladen. Auf dem Schild über dem Eingang war *Smith's* zu lesen. Dort musste es definitiv einen solchen Apparat geben. Wie sonst sollte man die Ware bestellen und die Anfragen der Kunden beantworten?

Auf der Veranda neben der Ladentür stand eine Hollywoodschaukel, auf der eine Frau mit einer vertikalen Narbe unter dem linken Auge saß. Luke erkannte sie wieder. Das war dieselbe Frau, die gestern auf der Bank vor dem Diner gesessen hatte.

Sie lächelte Luke zu, und er lächelte zurück.

Beim Öffnen der Ladentür läutete das Glockenmobile und ließ die beiden Ladenbesitzer aufblicken. Sie waren körperlich nicht besonders groß; zum Befüllen der obersten Regalbretter brauchten sie einen Tritthocker. Dafür waren die Brillengläser, die auf ihren Nasen thronten, umso größer. Die beiden sahen wie gealterte Monchichis aus. Bei ihrem Anblick kam Luke die Frage auf, wie manche Menschen es schafften, ein Leben lang zusammenzubleiben und sich äußerlich wie Zwillinge anzunähern. Wie seine Großeltern etwa. Deren Beziehung verlief harmonisch, bis das Grab sie für einige Jahre trennte und letztendlich wieder vereinte. Und auch seine Eltern befanden sich auf dem Weg der äußeren Angleichung. Die Streitigkeiten ab und wann konnten ihre Metamorphose nicht stoppen.

Lukes Generation dagegen schien weniger ausdauernd und konfliktsicher zu sein. Bei der geringsten Meinungsverschiedenheit, sei es die falsche Fernsehserie oder dass der Müll nicht rausgetragen wurde, drehte man dem Partner den Rücken zu und tauschte ihn aus wie Batterien in der Fernbedienung. Früher wurden die Mängel angegangen und repariert; oder schweigend akzeptiert. Beim heutigen Singleangebot war dies nicht nötig.

In dem kleinen Einkaufsladen fand man alles, was man zum Leben brauchte. Nicht mehr, nicht weniger. Im Gegensatz zu den Geschäften in New York, wo für jeden Geldbeutel sinnlose und vollkommen überflüssige Dinge angeboten wurden, die zum Wohle des Konsums geschaffen wurden. Massenwaren als Ausdruck der Individualität, zum Wohle des inszenierten Geldstroms.

„Hallo, Sir! Was können wir für Sie tun?", fragte Mrs. Smith.

„Hallo! Ich wollte fragen, ob Sie ein Telefon haben, welches ich benutzen darf?" Luke wunderte sich, dass er überhaupt fragte. Die Antwort kannte er bereits.

„Tut mir leid! Wir haben kein Telefon, aber Sheriff Baker kann Ihnen bestimmt helfen", antwortete Mr. Smith. Er stand zwischen einigen ungeöffneten Kartons und hatte sichtbar Probleme, einen dieser zu öffnen.

„Darf ich?" Luke nahm sich den Karton und riss ihn auf, worauf Mr. Smith sich bei ihm bedankte. „Wenn Sie kein Telefon haben, wie bestellen Sie dann Ihre Waren? Per E-Mail?"

„E-Mail?", fragte Mr. Smith.

„Schon gut." Luke öffnete einen weiteren Karton.

Die Frau lächelte und schob ihre Brille den Nasenrücken hoch. „Wenn der Lieferant in den Laden kommt, geben wir ihm eine Liste mit Dingen, die er uns beim nächsten Besuch mitbringen soll. Sollten wir etwas vergessen haben oder ist die bestellte Ware nicht lieferbar, so müssen wir für eine Weile auf diese verzichten. Was jedoch selten vorkommt und meist kein Beinbruch ist."

„Wann kommt der Lieferant wieder?"

Die Mundwinkel der Frau wanderten nach unten. „Oh, der war heute Morgen hier. Er kommt erst nächste Woche wieder."

„Aus welchem Ort kommt der Lieferant?"

„Das weiß ich nicht", sagte die Frau. „Schatz, weißt du,

woher Mr. Dheel kommt?"

„Leider nein, Lisbeth."

„Was ist mit einer Buslinie, einem Taxi oder einer anderen Mitfahrgelegenheit in die nächste Stadt?"

„Leider nein", sagte Mr. Smith, „aber vielleicht kann Mr. Baker Sie ein Stück mitnehmen, wenn er in den Wald fährt? Er fährt jeden Tag dort hinein, wissen Sie?"

Was will der Ordnungshüter regelmäßig im Wald?

„Mr. Baker ist zu beschäftigt, um sich meiner einer anzunehmen."

„Er wird Ihnen helfen." Mrs. Smith lächelte mit einer fürsorglichen Wärme.

„Verstehe. Aber trotzdem vielen Dank für die freundliche Unterhaltung", sagte Luke. Was auch stimmte. Die Ladenbesitzer waren neben Samantha die ersten Bewohner, die ihm freundlich begegneten. „Dann werde ich mich an den Sheriff wenden."

Luke bedankte sich ein weiteres Mal und verließ unverrichteter Dinge den Laden. Mrs. Smith blickte ihm durch die Jalousie an der Ladentür solange hinterher, bis er nicht mehr zu sehen war. „Wir hätten ihn fragen sollen, woher er kommt. Das war unhöflich von uns!", sagte sie, ohne ihren Mann anzusehen.

Mr. Smith wirkte unbeeindruckt und füllte die Regale mit dem Inhalt der Kartons auf, die Luke für ihn geöffnet hatte. „Selbst wenn, Lisbeth, das wird den Verlauf der Geschichte nicht ändern. Das tut es nie. Es endet wie immer."

„Wir hätten ihn warnen oder zumindest einen Tipp geben können."

„Nein, mein Schatz, wir halten uns da raus!"

23

Luke streifte die Küstenstraße entlang, als er aus der Ferne ein altes verwahrlostes Gebäude am Waldrand entdeckte, weit abgeschnitten von den anderen Häusern des Ortes. Darauf zugehend, erkannte er, dass es sich um einen kleinen Bahnhof handelte, der vor langer, langer Zeit aufgegeben worden war. Das war auch der Grund, weshalb kein erkennbarer Weg dorthin führte. Alles war zugewachsen. Wie auch das Gleis vor dem Bahnsteig, über das Luke beinahe gestolpert wäre; aber er hatte es inmitten der Wildwiese noch rechtzeitig gesehen.

Den Bahnsteig erreichte er über eine seitliche Treppe, auf dem Gras und kleine Pflanzen wuchsen. Ähnlich verhielt es sich mit den Wänden des Gebäudes. Auch hier fand Mutter Natur in den Zwischenräumen Wege; spross und keimte es. In der Mitte des kleinen Bahnhofgebäudes gab es einen Eingang ohne Tür. Es hatte mal eine existiert, das verrieten die beiden Türhaken im Türrahmen. Luke ging hinein und sah zu seiner Linken eine kleine Wartehalle mit Holzbänken, vollkommen verstaubt und stellenweise von Käfern angenagt. Auf der anderen Seite befanden sich der Ticketschalter und das Schaffnerbüro. Sämtliche Scheiben waren vergilbt, spröde und teilweise eingefallen. Der Bahnhof musste seit Generationen nicht mehr genutzt worden sein, vegetierte seitdem vor sich hin. War der Ort abgeschrieben und vergessen? Luke hätte gern eine Antwort darauf, aber so wortkarg wie die Bewohner des Städtchens waren, würde er das wohl nie. Und letztendlich war die Antwort auch nicht entscheidend, denn unabhängig von dieser war die Station nun einmal Geschichte und keine Option, um von hier wegzukommen.

Mit noch mehr Fragen als Antworten ging Luke über die verwilderte Wiese zur Küstenstraße zurück, wo die Kirche am Ortseingang in sein Visier geriet. Diese zeigte keine Anzeichen eines maroden Gotteshauses, das letzte Nacht beinahe eingestürzt wäre und an dessen Türklinke er sich fast die Handinnenfläche verbrannt hätte. Das Kreuz Christi hing aufrecht am Glockenturm und glänzte in der späten Nachmittagssonne; wie auch die bunten Fenster.

Luke war Atheist und keiner Religion oder Lebenslehre angehörig, dennoch faszinierten ihn die unterschiedlichen Weltanschauungen. Kirchen, Kapellen, Klöster, Moscheen und andere religiöse Bauten betrat er stets als wissbegieriger Tourist. Doch hin und wieder erwischte er sich dabei, wie er betete, Wünsche äußerte, Hoffnungen aussprach und nach Antworten auf seine Fragen und Probleme suchte.

Heute betrat Luke die Kirche als Hilfesuchender. Er fasste die Türklinke vorsichtig an. Er wollte seine Hand schon instinktiv zurückziehen, aber alles okay. Die Klinke hatte eine moderate Temperatur, und so drückte er diese nach unten und ging hinein.

Beim Anblick des Priesters, der mit dem Rücken zu ihm am Altar stand, bekam Luke das ungute Gefühl, den Geistlichen schon einmal gesehen zu haben. Er setzte sich wortlos in die zweite Reihe vor dem Altar. Das Holz knarzte und kündigte seinen Besuch an. Der Priester drehte sich um und riss die Augen auf. Nur kurz, aber lang genug, dass Luke dessen Überraschung wahrnahm. Luke war sich sicher, dass der Geistliche vor ihm die mysteriöse Gestalt war, die in der Nacht beim Angriff der durchgeknallten Fischer auf dem Steg gestanden und gebetet hatte.

„Guten Tag!", begrüßte der Priester ihn mit fragiler Stimme. „Was kann ich für Sie tun, Mister …?"

„Mr. Vremdalleen."

„Wie bitte?"

„Mein Name ist Mr. Vremdalleen."

„Niederländer?"

„Aus New York City."

„New York City", wiederholte der Priester und griff nach dem kleinen Kreuz Christi, das vor seiner schwarzen Kutte auf Brusthöhe hing. Dann näherte er sich dem Gast, den Blick dabei auf den Boden gerichtet, und setzte sich in die erste Reihe. „Wir haben auch Niederländer hier, und Bewohner mit niederländischen Wurzeln. Dadurch bekommt man ein Gespür für deren Wörter und Namen. Mein Name ist Mr. Medley."

„Priester Medley also."

„Was ist der Grund für Ihren Aufenthalt in Hopeville, Mr. Vremdalleen?"

Luke starrte auf die lebensgroße Jesusstatue hinter dem Altar. „Interessant, dass Sie mich das fragen, Priester. Ich hatte gehofft, Sie könnten mir Antworten auf meine Fragen geben. Ich habe nämlich viele."

„Damit sind Sie nicht allein."

„Wie meinen Sie das?"

„Der HERR hat immer eine Antwort. Für jeden."

Luke presste seine Knie in die Rückwand der vorderen Sitzreihe, in der Priester Medley saß. „Sind Sie sich da sicher? *ER* lässt mich ganz schön zappeln."

Der Geistliche legte ein gequältes Lächeln auf. „Er gibt Ihnen einen Rat oder Hinweis, wenn die Zeit dafür gekommen ist."

Lukes Stimme wurde bestimmender. „Ich bin fast gestorben und habe weder Gottes Beistand gespürt, noch irgendein weißes Licht gesehen!"

„Weil Ihre Zeit noch nicht gekommen ist, wie gesagt."

„Warum sagt mir niemand, wie ich nach Hause komme? Das würde mir schon reichen."

„Dabei kann Ihnen nur …"

„… Mr. Baker helfen. Ich weiß", unterbrach Luke ihn.

Der Priester, der den Satz eigentlich mit *der HERR helfen* beenden wollte, schaute verdutzt.

Schweigen.

Die Stimmung angespannt.

Selbst die Jesusfigur am Altar enthielt sich. Luke fühlte sich von dieser irgendwie beobachtet. Auch als nichtreligiöse Person hatte er gegenüber Gott und anderen Mächten einen gewaltigen Respekt. Man konnte ja nie wissen.

„Konnten Sie letzte Nacht gut schlafen, Mr. Medley?", brach er das Schweigen.

„Sie meinen?" Die Fingerbewegungen des Priesters wurden hektisch.

„Tut mir leid, aber ich muss Ihnen diese Frage stellen."

„Wie war Ihre Frage noch mal?" Der Geistliche legte ein gequältes Lächeln auf. Er war geneigt, seinen Blick von Luke abzuwenden, hielt diesen aber bei. Doch Luke hatte dessen Nervosität längst bemerkt.

„Meine Frage war, was Sie letzte Nacht gemacht haben?"

„Ich … ähm … ich konnte nicht schlafen, weil der HERR zu mir sprach und mir sagte, dass ein verlaufenes Schaf meine Hilfe bräuchte. Ich habe für dieses Schaf gebetet. Mehr kann und darf ich Ihnen nicht sagen."

„Schon gut, Vater. Ich verstehe."

Mehr war dem Geistlichen wohl nicht zu entlocken. Luke glaubte jedoch, die Botschaft zwischen den Zeilen verstanden zu haben. Zudem hatte er nicht die Lust und die Kraft, tiefer nachzuhaken. Er erhob sich, nickte der lebensgroßen Jesusstatue zum Abschied zu und ging den langen Gang zum Ausgang hinunter. Dabei glitt seine rechte Hand über die äußeren Enden der Sitzbänke. Bevor er durch die Tür schritt, warf er dem Priester, der noch immer in der ersten Reihe saß, einen Blick zu.

„Mr. Medley!"

„Ja?"

„Konnten Sie dem hilfsbedürftigen Schaf helfen? Oder haben Sie nur zugeschaut?"

Ohne auf die Reaktion des Priesters zu warten, verließ er die Kirche.

24

In Anwesenheit des Priesters hatte Luke seine brodelnde Gefühlswelt unterdrücken und verbergen können, aber vor der Kirche stehend, kam sie geballt zurück. Es herrschte das reinste Chaos. Ein Cocktail aus Angst, Wut und Ohnmacht.

Als er die Straße hinunterblickte, bekam er eine Eingebung. Als hätte der Kirchenbesuch ihm eine Vision beschert. Der Sheriff hatte zu keiner Sekunde ein Wort über den Pick-up-Truck verloren. Aber woher sonst hatte er Lukes Baseballcap, Baseballschläger und Taschenlampe? Er konnte diese Dinge nicht unabhängig vom Truck entdeckt haben und musste demzufolge den Unfallort kennen oder zumindest den Pick-up-Truck gefunden haben.

Der Truck musste demnach noch im Wald sein.

Der Wald war der Schlüssel.

Der Weg nach Hause.

Die Sonne trat ihren Feierabend an und verlor langsam an Höhe. Sie bot für nur noch eine Stunde Licht – oder für zwei. Luke wollte es dennoch wagen.

Er musste.

Sollte er nicht fündig werden, so würde er nach Hopeville zurückkehren, ehe die Dunkelheit ihn verschlang. Lieber eine weitere Nacht im Gästezimmer des Diners verbringen, als sich im Wald zu verirren und durch ein dummes Missgeschick zu sterben.

Er rannte los. Rannte wie ein Marathonläufer die Straße entlang. Hinein in den Wald, wo die Temperatur spürbar abnahm. Die kühle Luft brannte in seinen Lungen, doch er dachte nicht daran, anzuhalten, rannte unbeirrt weiter. Sein Truck musste hier irgendwo verunfallt auf dem Dach liegen. Mit seinem Handy darin, sofern dieses beim Unfall nicht hinausgeschleudert worden war und irgendwo im Umkreis auf dem Boden lag. Er hatte das Telefon in jener Nacht nicht gefunden, weil er unter Schock gestanden hatte, und es zu dunkel gewesen war.

Das Sonnenlicht zog sich schneller zurück, als gedacht. Die Dunkelheit trat ihre Nachtschicht an. Dazu gesellte sich mal wieder der dichte Nebel, der die Sicht zusätzlich erschwerte. Sollte er die Suche jetzt wirklich abbrechen? Vielleicht stand der Pick-up nur wenige Meter von ihm entfernt? So kurz vor einem möglichen Erfolg abzudrehen, wäre ärgerlich. Andererseits konnte er kaum noch etwas sehen. Die Bäume verwandelten sich allmählich ihn schwammige Umrisse. Die Blätter und schmalen Äste wurden unsichtbar. Seine Vernunft riet ihm, die verbleibende Sicht von nur einem Meter dazu zu nutzen, unbeschadet nach Hopeville zurückzukehren. Doch er blieb stehen und drehte sich auf der Stelle mehrfach um die eigene Achse. Nicht, dass er den Truck vielleicht doch übersehen hatte.

Ein Fehler.

Er verlor die Orientierung. Aus welcher Richtung war er denn jetzt gekommen? Die Wahrscheinlichkeit, dass er auf der Straße die falsche Richtung einschlug und in der fremden Wildnis verloren ging, lag bei fifty-fifty. Solange er nicht wusste, wo Hopeville lag, war jeder Schritt ins Ungewisse ein Schritt zu viel. Wäre er doch bloß im Ort geblieben. Die Kleinstadt mochte auf Dauer kein sicherer Hafen sein, aber eine weitere Nacht im Gästebett wäre im Nachhinein die bessere Entscheidung gewesen. Dann wäre er am nächsten Morgen bei Tageslicht aufgestanden und bei vielleicht besserem Wetter aufgebrochen.

Aber hätte, hätte, hätte. In seiner aktuellen Situation war es wohl das Schlaueste, sich am Straßenrand schlafen zu legen. Im schlimmsten Fall würde ein Säugetier ihn bei Sonnenaufgang wecken, indem es mit der Zunge sein Gesicht abschleckt.

Doch die Entscheidung wurde ihm genommen. Die Situation änderte sich schlagartig. Mehrere Lichter, dicht beieinander, durchschnitten den grauen Schleier, begleitet von einem tiefen, fauchenden Brummen.

Dem Motor nach war es nur ein einziges Fahrzeug. Die Holzfäller vielleicht? Wenn ja, dann wäre er jetzt so was von am A****. Sein Herz raste. Er musste von der Straße weg, hinein ins Dickicht und sich hinter einem Baum verstecken, ohne dabei auf knisternde Blätter und knackende Äste zu treten. Doch dann verlöre er die Straße als Orientierungspunkt.

Er zögerte, und das zu lang. Das Grübeln vereitelte die Flucht. Die Scheinwerferkegel fingen ihn ein. Das Fahrzeug kam zum Stehen; eine Tür öffnete sich und fiel wieder ins Schloss.

Luke glaubte nicht an Geister oder an Dämonen, aber sehr wohl an das Böse im Menschen. Eine breitschultrige Silhouette kam langsam auf ihn zu. Einen Holzfäller schloss er abermals aus, die waren eher Herdentiere.

„Was machen Sie hier, Mr. Vremdalleen?"

Mr. Baker trat aus der Nebelwand hervor.

Swing and a miss!

„Sheriff!"

„Für so naiv habe ich Sie nicht gehalten. Seien Sie froh, dass ich Sie hier draußen gefunden habe!"

„Fahren Sie mich in die nächste Stadt!"

Mr. Baker blieb ruhig, durchfuhr mit einem Zeigefinger seinen Oberlippenbart. „Das geht nicht. Nicht bei diesem Nebel! Begleiten Sie mich zu meinem Wagen. Ich setze Sie bei Samantha's Place ab. Dort können Sie sich im Gästezimmer ausruhen. Morgen sehen wir weiter."

Luke überlegte. Sollte er mit dem Ordnungshüter zurückfahren oder weiter durch den Wald gehen? Er wollte doch einfach nur nach Hause! Dass der Sheriff ihn hier antraf, war kein Zufall. Mit Sicherheit beschattete er ihn.

Mr. Baker ging zum Polizeiwagen, öffnete die Fahrertür und wartete auf den Fremdling, der regungslos dastand. „Mr. Vremdalleen? Worauf warten Sie? Hier entlang! Sie sind nicht verhaftet, falls das Ihre Sorge ist. Wenn Sie weiter im Wald herumirren wollen, nur zu. Aber dann auf eigene Gefahr."

Luke zögerte kurz, blickte ein letztes Mal um sich. Er konnte heute Nacht sowieso nichts mehr ausrichten. Das Auftauchen des Sheriffs war mehr als merkwürdig und zufällig, aber er war über die Gelegenheit, heil ins Gästezimmer zurückzukehren, froh. Das bedeutete jedoch nicht, dass er aufgab. Noch waren nicht alle neun Innings gespielt. Es war nur ein zeitlicher Aufschub. Wie der Sheriff eben sagte: Morgen war auch noch ein Tag.

Luke begab sich zum Streifenwagen und stieg ein. Der Cherokee setzte sich in Bewegung. Die Scheinwerfer ertasteten die Straße, die Stück für Stück aus dem grauen Schleier hervorsprang. Zwischen den beiden Männern herrschte Funkstille. In Lukes Augen war Mr. Baker die fleischgewordene Abwesenheit des Gesetzes. Er fragte sich, weshalb der Gesetzeshüter jeden Tag im Wald patrouillierte. Und die Bewohner von Hopeville waren genauso seltsam. Wie sie ihn musterten; und kaum einer sprach mit ihm. Und bei denen, die es taten, war Luke sich nicht sicher, ob hinter deren freundlichen Fassaden ein großes Küchenmesser darauf wartete, gezogen zu werden.

Luke fand einfach keinen Zugang zu den Bewohnern.

Der Polizeiwagen stoppte vor Samantha's Place, das bereits geschlossen hatte. Luke stieg aus und ließ die Beifahrertür hinter sich offen stehen. Der Sheriff lehnte sich über den Beifahrersitz und rief: „Mr. Vremdalleen! Ich an Ihrer Stelle würde den Wald meiden! Gehen Sie dort nicht ohne einen von uns hinein. Keine Selbstversuche! Sie haben nur ein Leben!" Dann zog er die Beifahrertür zu sich ran und fuhr davon.

Auf dem Weg ins Gästezimmer lief Luke an der Bank am Eingang des Diners vorbei, auf der wieder die Dame mit der vertikalen Narbe unter dem linken Auge saß. Sie schenkte ihm ein warmes Lächeln; und er lächelte zurück. Ob die Frau ihm eine Hilfe war, wusste er nicht. Sie strahlte etwas aus, was ihn behagte. Er wusste nur nicht, was es war. Sie hatten bisher kein Wort miteinander gewechselt. Auch jetzt nicht, denn er war zu müde und zu kaputt.

Im Gästezimmer schmiss er sich aufs Bett. Nur noch eine Nacht. Morgen ging die Suche weiter. Ganz gleich, was der Sheriff ihm befahl. Freund und Helfer, dass er nicht lache.

Dann wurde er stutzig.

Was war denn das?

An der Innenseite der Tür hing ein Zettel, der während seiner Abwesenheit dort befestigt worden war, denn beim

Verlassen heute Morgen hatte dieser dort noch nicht gehangen.

Gegen Mitternacht am See, hinter dem Laden, war auf dem Zettel zu lesen. Lukes erster Gedanke war Samantha. Abgesehen von dem kurzen und freundlichen Gespräch mit den beiden Ladenbesitzern, den Smiths, war Samantha die Einzige, die nett zu ihm war. Zumindest am Anfang. Heute Morgen hatte sie ihm plötzlich die kalte Schulter gezeigt. Hatte ihr Vater ein Machtwort gesprochen? Hatte er sie unter Druck gesetzt? Wenn Samantha nicht die Verfasserin war, von wem stammte die anonyme Nachricht denn dann? Gab es eine weitere Person, die ihm helfen wollte?

Wer?

Oder war es eine Falle?

Luke musste es herauszufinden.

25

Mitternacht am See, hinter dem Laden, hatte auf dem Zettel gestanden.

Und so machte er sich zur späten Stunde auf dem Weg dorthin. Außer ihm waren alle in ihren Häusern. Die Lichter aus. Nur im Laden der Smiths brannte noch Licht. Derartige Geschäfte mochten in Großstädten wie New York, Chicago oder Los Angeles rund um die Uhr geöffnet haben, aber nicht in Kleinstädten wie Hopeville.

Luke konnte von der anderen Straßenseite aus durch das Fenster sehen und einige der Anwesenden gut erkennen: Mr. Baker, Priester Medley, die Smiths, ein großer, furchteinflößender Holzfäller und ... Samantha. Sie in der Runde zu erblicken, trübte seine Hoffnungen. Der Strohhalm, an dem er sich so sehr geklammert hatte, wurde binnen einer Sekunde zerquetscht, sodass dieser keine Flüssigkeit mehr befördern konnte. Ihre distanzierte und kalte Art und die dazu servierte Plörre von Kaffee am Morgen waren wohl kein Zufall. Was war geschehen?

Falls sie den Zettel nicht geschrieben hatte, wer dann? Wen würde er am See treffen? Die Dame mit der Narbe unter dem linken Auge? Den Ureinwohner mit den Hunden, der ihn aus dem Wasser gefischt hatte? Oder war es eine Falle? Vielleicht warteten sie im Laden auf seine Ankunft, um ihn dann am See zu lynchen?

Luke schlich sich näher an den Laden heran und hockte sich neben die Eingangstür. Er versuchte, den Stimmen zu lauschen, die stumpf und schwer verständlich nach draußen drangen. Die geschlossene Tür verschluckte fast alles. Es machte also keinen Sinn, weiter hocken zu bleiben. Zumal die Gefahr bestand, dass jemand die Tür öffnete oder sich jemand von der anderen Straßenseite aus dem Laden näherte. Er schlich sich um den Laden herum und wartete am vereinbarten Ort wie auf dem Zettel angegeben.

Im sanft ruhenden See spiegelten sich viele weiße Punkte, die um das kreisförmige Nachtgestirn funkelten.

Bei dem Gedanken, dass die Bewohner perverse Sadisten sein könnten, spulte sein Kopf diverse Szenen aus Horrorfilmen und Büchern ab. Was im Kino amüsant erschien, kostete ihm hier möglicherweise das Leben.

In einer dunklen Ecke, unweit des Ladens, beobachtete ihn die Dame mit der vertikalen Narbe unter dem linken Auge. Sie flüsterte zu sich selbst: „Der Fremde ist solch ein guter Junge. Sei lieb zu ihm. Was immer du auch tust."

Doch die Frau war es nicht, die den Zettel geschrieben hatte. Die Person, die den Zettel verfasst hatte, trat nun in Erscheinung und zauberte Luke ein Lächeln über das Gesicht. Sein Herz klopfte. Wie damals beim ersten Date mit Victoria. Er war schon lange nicht mehr so erfreut gewesen, jemanden wie sie zu sehen. Ob diese Freude berechtigt war, oder ob das Treffen eine Enttäuschung werden würde, war ihm egal. Die Person konnte für ihn das sein, was der Stein von Rosette für Jean-François Champollion bedeutete: der Schlüssel, der Decoder, der Übersetzter. Die Chance, eine verschlüsselte Schrift und Sprache zu entziffern. Mit Hilfe dieser Person könnte Luke die Bewohner der Kleinstadt Hopeville verstehen lernen. Sie könnte ihm helfen, den Ort zu verlassen.

„Samantha!"

„Hey", begrüßte sie ihn mit einem strahlenden Lächeln.

„Habe ich die Kleidung von dir?" Luke zog an seinem Flanellhemd.

Sie grinste. „Vielleicht."

„Darf ich fragen, was heute Morgen mit dir los war?"

„Lass uns Spazieren gehen, damit uns niemand sieht!" Sie drehte sich mehrmals um und vergewisserte sich, dass niemand sie beobachtete; oder verfolgte. Als sie den Waldesrand erreichten, nahm sie seine Hand. Er spürte, wie nervös sie war.

„Hör zu", sagte sie, „wenn das mein Dad mitbekommt, bekommen wir Schwierigkeiten! Wir beide!"

„Warum möchtest du mich treffen?"

Sie blickte ein weiteres Mal um sich. „Um dich zu warnen."

„Mich warnen? Wovor?", fragte Luke. Gab es denn noch etwas Schlimmeres, als das, was er in seiner bisherigen Zeit in Hopeville durchlebt hatte?

„Bleib einfach in der Stadt. Mein Vater wird eine Möglichkeit finden, dich unversehrt durch den Wald zu bringen!"

„Dein Vater hat mir deutlich gemacht, dass er mich im Wald nicht antreffen will. Ich soll diesen meiden."

„Weil du den Wald nicht überlebst!"

„Lauert dort ein Monster? Eine wilde Bestie?"

„Ich …" Samantha war so verängstigt, dass ihr die Worte im Hals stecken blieben.

„Samantha, wenn du mir helfen möchtest, musst du mir sagen, was los ist. Zum Beispiel, was es mit dem Jungen auf sich hat."

„Welcher Junge?"

„Der Junge, dem ich auf der Straße ausweichen musste. Mein Wagen überschlug sich und war danach ein Totalschaden, sodass ich mich ohne Orientierung durch den Wald schlagen musste. Dort traf ich auf deinen Daddy, der mich bewusstlos schlug und zu eurem Arzt schleppte.

Letzte Nacht tauchte derselbe Junge wieder auf. Kichernd auf einem Felsen inmitten tosender Wellen. Dann verschwindet er plötzlich. Der Junge scheint einfach überall zu sein."

„*Janeke Spine*!", dachte Samantha leise, jedoch laut genug, dass Luke sie verstand.

„Du kennst den Jungen?"

Erschrocken hielt Samantha ihre Hand vor dem Mund. Doch zu spät. Sie hatte ihm das Geheimnis von Hopeville offenbart; zumindest einen Teil davon.

„Wer ist dieser Junge? Als ich das Kind von dem Felsen retten wollte, habe ich den ganzen Ort zusammengeschrien, aber niemand kam zur Hilfe. Dann bin ich mit dem Ruderboot allein raus aufs Wasser, wo mich die Fischer angriffen. Hätte der Ureinwohner mich nicht gerettet, wäre ich jetzt wohl tot. Was geschieht hier?"

„Mach dir lieber Sorgen um dich. Sei froh, dass du noch lebst! Ich bin es jedenfalls." Samantha griff aufgewühlt nach seiner zweiten Hand.

„Und dann ist da diese Frau. Mit einer Narbe unter dem Auge. Auch sie begegnet mir immer wieder. Mal sitzt sie auf einer Bank vor dem Diner, mal auf der Hollywoodschaukel vor dem Laden der Smiths."

„Mrs. Spine."

„Mrs. Spine?", wiederholte Luke. „Sie ist die Mutter des

Jungen?"

„Luke, starte bitte keine unüberlegten Handlungen! Halte dich vom Wald fern. Mein Dad wird alles Mögliche unternehmen, um dir zu helfen."

„Ich sehe ja, wie sehr er mir hilft!"

„Er hilft dir, glaub mir. Bleib einfach solange bei mir, bis er eine Lösung für dich gefunden hat. Sei unser Gast."

Luke blickte in Samanthas wässrigen Augen. Sie hatte den Zettel geschrieben und an der Tür festgemacht, um ihm am See die Wahrheit zu sagen. Fernab ihres Vaters, den Holzfällern und anderen Einwohnern. Doch sie war nicht in der Lage, ihm alles zu erzählen. Irgendetwas oder irgendwer hemmte sie, hielt sie davon ab. Er nahm Samantha in den Arm; und sie erwiderte seine Berührungen. Für einige Minuten genossen sie die Zweisamkeit schweigend am See. Nach Victoria war Samantha die erste Frau, die ihm das Gefühl der Geborgenheit und Wärme gab.

Als sich Samantha aus der Umarmung löste, hielt sie Lukes Hände fest. „Ich gehe besser zurück, bevor man mich im Laden vermisst und nach mir sucht. Dann wäre unser Treffen vergebens."

Luke lächelte und nickte, ließ ihre Hände sanft aus seinen entgleiten und schaute ihr hinterher, wie sie zurück in den Laden ging. Er selbst wollte noch am See verweilen. An Schlaf war sowieso nicht zu denken. Der Junge, dessen Namen er jetzt kannte, war also kein Gehirngespinst seinerseits. Der Junge war real und hieß Janeke. Janeke Spine. Warum der Junge einen Mädchennamen trug, erschloss sich ihm nicht (und war ihm in der jetzigen Situation auch egal). Er war froh, nicht geisteskrank zu sein, und glücklich, dass Samantha Gefühle für ihn empfand. Er war nicht allein.

Seine Gedankenwelt erhellte sich, und damit auch sein Herz und seine Willenskraft. Er war jetzt sogar bereit, einige Tage in Hopeville zu verbringen. Freiwillig. Während die Schriftsteller auf der Suche nach Liebe, Leid, Hoffnungen und Abenteuer nach New York gingen, hatte er jene Stadt für seine Suche nach Inspiration verlassen. Es hatte ihn in die Ferne gezogen, wo er im Nirgendwo diesen mysteriösen Ort fand. Eine vermeintlich idyllische Kleinstadt, in der ein mysteriöser Junge sein Unwesen trieb und die Bewohner und Besucher terrorisierte. Und als sei das nicht schon schlimm genug, stellte der fremde, in sich zerrissene Buchautor aus New York City, der nicht wusste, was er aus seinem Leben machen sollte, all diese dummen Fragen und schnüffelte überall herum.

Woher kommt der Junge? Warum verwandelt sich das idyllische Städtchen in eine Ruinenstadt, wenn dieser erscheint? Ist es ein Fluch? Wenn ja, seit wann und warum?

Luke begriff allmählich, welch großartige Story ihm auf dem Silbertablett serviert wurde. Das war seine Chance. Genau wegen solcher Geschichten war er unterwegs. Das war der ideale Stoff für seinen nächsten Roman.

Mit frisch geschürten Hoffnungen und vollem Tatendrang warf er einen Blick in den See. Bevor er den Umriss des Täters auf der Wasseroberfläche registrierte, blitzte es. Pünktchen schwirrten vor seinen Augen; Dunkelheit brach herein. Sein Bewusstsein entschwand. Mal wieder.

26

Seine Augen schickten die ersten verwertbaren Bilder an das Rechenzentrum und brachten Luke die Erkenntnis, dass er in einer Zelle auf einer Pritsche lag. Die Zelle war kein separater Raum, sondern machte lediglich einen Teil des großen Büros aus, abgetrennt durch Gitterstäbe, die vom Boden bis zur Decke gingen.

Der Schreibtisch des Sheriffs, der in der Mitte des Büros stand, war verwaist. Der Gesetzeshüter war vermutlich wieder im Wald unterwegs.

Luke richtete sich auf und schaute durch das Gitterfenster, das zum Hinterhof hinausging. Zahlreiche Fahrzeuge parkten dort. Unter diesen entdeckte er den 1986er Ford Taurus Wagon der Raimonds aus Chicago, den Hippie-Van der Studentengruppe und auch den gelben Schulbus, mit dem die Klasse aus Augusta unterwegs gewesen war. Alle Fahrzeuge deckten sich mit denen aus den Erzählungen und Aussagen von der älteren Dame und der Kellnerin im Riverbank Café; wie auch jene im Zeitungsartikel. Das war kein Zufall. Scheinbar war er in die Ursache des Phänomens hineingestolpert.

Dann sah er seinen Pick-up-Truck und machte vor Freude einen Sprung. Warum hatte Mr. Baker ihm nicht gesagt, dass er den Wagen gefunden und hier abgestellt hatte? Und nicht nur das. Man hatte den Wagen repariert. Nach dem Unfall ein Totalschaden, glänzte dieser jetzt wie neu.

Just in diesem Augenblick betrat Mr. Baker den Hinterhof, stieg in Lukes Pick-up und fuhr mit diesem davon.

In was war Luke da nur hineingeraten? Was wollte Samantha ihm letzte Nacht am See sagen? Welchen Sinn hatte all das? Wozu diente Janekes Spukgeschichte? Eine Lösegelderpressung schloss er aus, denn kein Opfer kam jemals lebend zurück. Sie alle waren tot. Und die Fahrzeuge wurden nicht veräußert, sondern standen hier nutzlos herum.

Lukes emotional aufgestauten Gedanken fuhren auf und ab, sein Kopf fing an zu brummen. Doch bevor er zu tief in seine Gefühlswelt abrutschte und sich in dieser verlor, näherten sich Schritte.

Er horchte auf.

Der Sheriff!

Er schmiss sich auf die Pritsche und spielte den Schlafenden. Durch seinen Körper rauschte das Adrenalin.

„Guten Morgen, Mr. Vremdalleen", begrüßte Mr. Baker ihn kühl.

Luke öffnete die Augen, rieb sich diese und richtete sich langsam auf. Dabei fasste er sich an den Hinterkopf. „Sie schlagen mich anscheinend gern K.O.!"

„Ich habe Sie gewarnt!"

„Sie sind zu beschäftigt, um mir zu helfen, also helfe ich mir selbst."

„Ich habe gesagt, dass ich Ihnen helfen werde, sobald es an der Zeit ist. Bis dahin sollten Sie in der Stadt bleiben und den Wald meiden."

Luke ging auf die Zellentür zu und umklammerte mit jeder Hand einen Gitterstab. „Ach ja, der Wald. Was gibt es dort drinnen denn so Schreckliches, dass ich diesen nicht betreten darf?"

Mr. Baker stieß einen lauten Lacher aus. „Sie sind lustig,

Mr. Vremdalleen. Sie haben sich im Wald verlaufen. Hätte ich Sie nicht gefunden, wären Sie jetzt tot. Glauben Sie mir."

„Hören Sie, Mr. Baker. Ich habe nichts verbrochen. Ich suche lediglich einen Weg nach Hause."

„Dann wird es Sie erfreuen, dass ich Ihren Wagen gefunden habe. Treten Sie beiseite, ich öffne die Zellentür."

Luke gehorchte und trat beiseite. Mr. Baker öffnete sodann die Zellentür, setzte sich anschließend an den Schreibtisch und deutete auf die Autoschlüssel, die darauf lagen.

„Machen Sie einen Abgang! Ihr Wagen steht draußen vor der Tür. Ihre persönlichen Gegenstände befinden sich darin. Ich will Sie hier nicht mehr sehen."

Ohne zu zögern, verließ Luke die Zelle und griff nach dem Schlüssel auf dem Schreibtisch. „Nichts lieber als das", erwiderte er. „Und wenn Sie das nächste Mal Gäste empfangen, verhaften Sie sie einfach. Besser die Handschellen benutzen als die Neandertaler-Keule. Sind Sie dafür schon mal verklagt worden? Nicht, dass Sie deswegen noch Ihren Job verlieren. Und diesen Hokuspokus mit dem Jungen können Sie sich auch sparen. Das ist irgendwann nicht mehr lustig."

Mr. Baker schmunzelte dreckig. „Falls Sie glauben, dass wir ein Geheimnis hüten, von dem Sie nichts erfahren sollen, dann irren Sie sich. Das ist die Fantasie, um die ich Sie beneide. Sie sollten Schriftsteller werden oder so, aber bitte stülpen Sie keine Geistergeschichten über unsere kleine Stadt!"

„Ich bin Schriftsteller, Mr. Baker."

Das laute Lachen des Sheriffs hallte im ganzen Büro. „Ich weiß nicht, ob das an Ihren Kopfwunden liegt, aber Sie sollten aufhören, Schwachsinn zu reden. Gehen Sie, bevor ich

Sie wegen Realitätsverlust und Wahnvorstellungen wegsperre."

„Ich weiß nicht, was hier läuft, aber ich weiß, was ich gesehen habe, Sheriff! Damit meine ich nicht nur den Jungen." Luke erwähnte weder die Fischer mit den weißen Augen, noch den Ureinwohner mit seinen kläffenden Hunden; oder die Wunderheilungen an seinen Füßen und Schläfen über Nacht. Er wollte die gegenwärtige Situation nicht weiter anheizen und wieder in der Zelle landen. „Ich weiß, warum Sie mich gehen lassen und der möglichen Gefahr im Wald aussetzen."

Die Augen der Männer duellierten sich.

„Worauf wollen Sie hinaus, Mr. Vremdalleen?"

„Sie handeln nicht als Sheriff, sondern als Vater!"

„Wie gesagt, Sie haben eine beneidenswerte Fantasie. Wo auch immer Sie herkommen, Sie müssen dort wirklich ein großartiger Schriftsteller sein. Also dann mal los, Mark Twain, auf nach Hause. Bevor ich es mir anders überlege!"

27

Luke strich mit seiner Hand vorsichtig über den frisch polierten Lack des Pick-up-Trucks und stieg dann ein. Das Foto von Victoria hing am Rückspiegel. Die Baseballmütze und sein Handy lagen auf dem Beifahrersitz; der Baseballschläger und seine Sporttasche davor. Die Taschenlampe fand er im Handschuhfach vor.

Er griff zum Telefon und schaltete es ein. Der Akku war voll, der Empfangsbalken leer. Kein Netz. Aber kein Problem. Schon bald befände er sich in der Zivilisation wieder. Dort gab es Empfang. Dann würde er die Nachrichten und Anrufe verwalten, die in der Zwischenzeit eingegangen waren.

Warum der Wagen letztendlich wie neu vor ihm stand, war ihm egal. Er blickte nur noch nach vorn. Es ging nach Hause.

Als ihm das bewusst wurde, bedauerte er es zugleich. Die paranormalen Aktivitäten in Hopeville, deren Geheimnis er zu gern lüften wollte, unterlagen keiner wissenschaftlichen Erklärung.

Er musste an Fox Mulder denken, der an die Echtheit von paranormalen Aktivitäten und Ereignissen glaubte. Phänomene, die über das menschliche Verständnis und über die Gesetze der konstruierten Wissenschaften hinausgingen; verkörpert durch seine Kollegin Agent Scully. Wo andere ihre Nerven verloren oder Ängste sie in den Wahnsinn trieb, war Fox Mulder in seinem Element. Für die Suche nach der Wahrheit riskierte er bereitwillig sein Leben.

Auch Luke wollte dem Phänomen in Hopeville nachgehen, aber mit Mr. Baker im Nacken war ein freiwilliger Aufenthalt nicht möglich. Luke befürchtete weitere Schläge auf den Hinterkopf. Es blieb ihm nichts anderes übrig, als mit dem ungelüfteten Geheimnis im Rücken Hopeville zu verlassen.

Doch bevor er den Ort für immer verließ, gab es noch eine Sache zu erledigen. Er fuhr zum Diner und ging hinein. Das Restaurant war nicht gut besucht, und glücklicherweise keine Spur von den Holzfällern. Als er zu Samantha an den Tresen kam, nahm sie ihn lächelnd in den Arm. Sie machte kein Geheimnis daraus, dass sie ihn mochte.

„Schön, dass du hier bist", flüsterte sie. Ihre katzengrünen Augen leuchteten. „Möchtest du Kaffee?"

Luke nickte, und sie schenkte ein.

„Der Kaffee riecht herrlich. Wenn der auch noch so gut schmeckt, bleib ich länger", grinste Luke.

„Ist das dein Auto?" Sie zeigte auf den dunkelbraunen Pick-up-Truck, der draußen vor der breiten Fensterfront parkte. Luke bejahte und nahm einen weiteren Schluck.

„Du kannst weiterhin im Gästezimmer bleiben, wenn du magst. Hast du heute Abend Lust, etwas mit mir zu unternehmen?"

Kaum ausgesprochen, verging Samantha beim Blick nach draußen das Lächeln. Luke wollte wissen, wer oder was ihr die Freude erstarben ließ, und schaute ebenfalls durch die breite Fensterfront hinaus. Mr. Baker hatte sich an den Colt-Seavers-Pick-up-Truck gelehnt und blickte finster drein. Luke verstand die Aufforderung. Er war froh, dass Mr. Baker ihr die Illusion raubte, und nicht er.

„Dein Vater will mit mir reden!"

Luke umarmte Samantha für einen Moment, streichelte ihre linke Wange und begab sich nach draußen. Samantha blieb an der Theke zurück. Sie konnte nicht verstehen, worüber die beiden Männer sich unterhielten, aber Lukes Körpersprache signalisierte Unverständnis.

Was wollte ihr Vater von ihm? Sollte er sich Sorgen um die Sicherheit der Stadt machen, so wäre sie bereit, für Luke zu bürgen. Sie wollte Luke als frisch gewonnenen Menschen nicht verlieren. Sobald ihr Vater auf einen Kaffee zu ihr reinkäme, würde sie mit ihm darüber reden.

Doch dazu kam es nicht. Nach einem kurzen Wortwechsel stieg Luke wutentbrannt in seinen Wagen. Und auch ihr Vater setzte sich in sein Dienstfahrzeug.

Samantha sprintete nach draußen. „Luke! Wo willst du hin?"

„Ich bin hier unerwünscht!"

„Wenn du durch den Wald fährst, stirbst du!"

„Dein Vater hat gesprochen!"

Sie blickte ihren Vater flehend an, doch dieser saß stur am Steuer und starrte, ohne zu blinzeln, auf Lukes Truck.

„Es tut mir leid, Samantha! Deinetwegen. Aber dein Vater wird mich nie in Ruhe lassen."

Luke startete den Motor. Ein kurzer trauriger Blick zu ihr, dann setzte er den Wagen in Bewegung. Er blickte so lange in den Rückspiegel, bis Samantha nicht mehr zu sehen war. Mr. Baker folgte ihm bis zur Waldgrenze, stoppte dort und verharrte. Für den Fall, dass der Fremde ungebeten wendete und zurückkam.

Das ist doch verrückt. Erst will man mich nicht gehen lassen, und jetzt, wo ich mich mit meinem Schicksal anfreunde, setzt man mich vor die Tür!

Vor dem Diner hatte die Dame mit der Narbe unter dem linken Auge, Mrs. Spine, die Szene beobachtet. In ihrem Gesicht wuchs ein apathisches Lächeln.

„Kinderen zijn kinderen, en kinderen doen kinderachtige dingen!"

Samantha verstand die Worte, wusste um deren Bedeutung. Am liebsten wäre sie Lukes Pick-up-Truck hinterhergerannt. Aber sie tat es nicht. So sehr sie Luke mochte, vielleicht sogar liebte, er hatte sich entschieden. Sie würde ihn für immer verlieren. Nicht weil er zurück nach New York kehrte, sondern weil das, was ihn im Wald erwartete, tötete. Das war schon immer so gewesen.

28

Er hoffte, nie wieder einen Fuß in Hopeville setzen zu müssen, ausgenommen für Samantha. Es ging zurück nach New York City, wo er seine Eltern wiedersehen, mit Max um die Häuser ziehen und die Spiele der Yankees besuchen würde. Die Krönung jedoch wäre Victorias strahlende Begrüßung, wenn er die Haustür aufschloss und sie ihn in die Arme nahm, dass sie ihm sagte, dass sie sich Sorgen um ihn gemacht habe.

Immer wieder checkte Luke sein Handy, aber immer noch kein Netz. Dabei hatte er Hopeville seit einer Ewigkeit hinter sich gelassen. Sein Handy müsste längst wieder mit dem Kommunikationsnetz der Zivilisation verbunden sein. Stattdessen nahm der Wald kein Ende. Jeder Baum glich dem anderen. Sie tauchten auf wie Klone in einem Computerspiel.

Die einzige Veränderung war ein herannahendes Unwetter. Die aufziehenden grauen Wolken verdichteten sich und legten den Wald unter sich in vollkommene Dunkelheit. Die eintretenden Windböen schüttelten die Pinienbäume und Tannen mächtig durch und stellten deren Wurzeln auf die Probe. Die Scheibenwischer konnten die ersten Regentropfen noch von der Windschutzscheibe verdrängen, aber als die Himmelsschleuse sich vollständig öffnete, kamen sie gegen den hartnäckigen Wasserfilm auf der Windschutzscheibe nicht mehr an.

Der Waldboden war in kürzester Zeit aufgeweicht und

nicht mehr in der Lage, weiteres Wasser aufzunehmen. Und auch die Straße soff unter der Wassermasse ab. Der Pick-up verdrängte das feuchte Element, es flog in hohen Fontänen beiseite. Die Reifen schwammen mehr, als dass sie auf dem Asphalt hafteten.

Luke passte die Geschwindigkeit den spärlichen Sichtverhältnissen an – irgendwann kroch der Wagen nur noch voran – und schaltete das Radio ein. Doch es rauschte und krächzte nur, es brachte nichts Hörbares hervor. Vielleicht störten das Unwetter und der dichte Wald den Empfang; wie auch beim Handy.

Luke schaltete das Radio aus, und das Display erlosch, doch das Rauschen blieb. Er glaubte, den Powerknopf nicht richtig erwischt zu haben, und drückte ihn erneut, aber das Gerät gab keine Ruhe. Es kam sogar noch eine singende Kinderstimme hinzu. Sie schallte wie dutzende Echos im Wageninneren umher und wurde lauter.

Vader Jacob! Vader Jacob!
Slaapt gij nog? Slaapt gij nog?

Mit einem Mal entfaltete die Elektronik ein Eigenleben. Die Zentralverriegelung verriegelte sich von selbst, die Fensterheber rasteten surrend ein.

Alle klokken luiden! Alle klokken luiden!
Bim, bam, bom! Bim, bam, bom!

Der Haltegurt zurrte sich enger um Lukes Brustkorb. Er bekam kaum Luft. Eine unsichtbare Kraft trat aufs Gaspedal und drückte es bis zum Anschlag durch. Der Pick-up verließ die Straße und sauste rücksichtslos durch das Dickicht. Er umschiffte jeden Baum mit Bravour, aber die niedrig hängenden Äste zerkratzten den Lack. Die Reifen holperten über den unebenen Erdboden, verloren ab und zu den Bodenkontakt.

Luke trat immer wieder auf die Bremse, doch der Wagen reagierte nicht. Solange dieser Sprit aus dem Tank bezog, dauerte die Horrorfahrt wohl an. Und selbst dann war Luke sich nicht sicher, ob die Geisterfahrt danach endete. Nur ein unüberwindbares Hindernis wie ein Baum, eine Klippe oder was auch immer würde die Fahrt stoppen und Luke das Leben kosten. Er musste aus dem Wagen springen. Er ruckelte mehrfach an der Fahrertür, doch sie ließ sich nicht öffnen – und auch das Seitenfenster nicht. Es gab kein Entkommen.

Luke ergab sich seinem Schicksal und hoffte auf einen guten Ausgang. Er nahm instinktiv die Hände vom Lenkrad, damit er sich nicht die Handgelenke brach; oder dass die Sehnen sich nicht überdehnten oder gar rissen.

Bim, bam, bom! Bim, bam, bom!

Plötzlich verlangsamte der Pick-up seine Geschwindigkeit und kam schließlich sanft zum Stehen. Das Rauschen und das Krächzen im Radio verstummten. Wie auch der Gesang und das Kinderlachen. Dafür heulte der Wind um die Bäume; und Hagelkörner bombardierten den Wagen.

Luke saß einfach nur da, unfähig sich zu bewegen, und schnappte wie ein pumpender Maikäfer nach Luft. Unter seinen Achseln triefte der Schweiß. Gänsehaut überzog seinen Körper. Der Wald wirkte gruselig und feindselig. Die perfekte Kulisse für einen Horrorstreifen.

Nur ohne Monst …

Ein Schatten huschte kurz durch die Scheinwerferkegel.

Luke stufte das Phänomen als optische Täuschung ein. Wenn Menschen besonders verängstigt waren, spielten die Sinne gern verrückt und ließen einen glauben, dass jemand hinter einem stünde. Ein Trugschluss des Gehirns. Denn wenn es sich doppelt wahrnimmt, etwa durch eine Gleichgewichtsstörung, ist es verwirrt, denn es weiß ja, dass es nur einmal existiert. Als muss das zweite wahrgenommene Gehirn zwangsläufig jemand anderes sein. Ein Geist, ein Phantom oder ein Mörder.

Dennoch war es ratsam, zu verschwinden. Luke sammelte sich wieder und drehte den Zündschlüssel herum. Der Anlasser antwortete mit einem gequälten Jammern.

Zweiter Versuch, dritter Versuch, der Pick-up sprang einfach nicht an. In der Dunkelheit, und bei diesem Sturm, war Aussteigen keine Option. Zumal Luke die letzte Nachtwanderung noch gut in Erinnerung hatte. Und selbst wenn er aussteigen wollte, der festgezurrte Gurt ließ ihn nicht los. Auch dann nicht, als Luke mehrmals den Auslöser drückte.

Wieder huschte ein Schatten durch die Scheinwerferkegel. Das war kein Zufall.

Und tatsächlich. Der Schatten kehrte zurück, bäumte sich vor dem Wagen auf und verwandelte sich in die Gestalt eines Jungen. Der Junge starrte Luke mit seinen pupillenlosen weißen Augen an und lächelte wie ein Dämon. Ihn konnte weder der Hagelsturm noch die Windböen etwas anhaben. Alles prallte von ihm ab.

Janeke!

Der Junge streckte seine Arme zu beiden Seiten aus und

bewegte sie wie Flügel langsam auf und ab; und krähte wie ein Rabe.

„Was willst du von mir!", schrie Luke, der keine Lust mehr auf durchgeknallte Kinderspiele hatte. Auf den Jungen vor ihm konzentriert, bemerkte er nicht, wie sich im Himmel etwas zusammenbraute. Schwarze Punkte tauchten auf, umkreisten sich gegenseitig und bündelten sich zu einem großen schwarzen Gebilde. Erst als sich dieses Gebilde in die Tiefe stürzte, erkannte Luke das drohende Unheil. Je mehr es sich dem Pick-up näherte, desto lauter der Lärm.

Raben!

Die Vögel flogen ungebremst in die Windschutzscheibe und Heckscheibe hinein. Die Scheiben konnten dem Angriff zwar trotzen, erlitten aber kleine Löcher und Risse. Für die Vögel sah es schlechter aus. Sie blieben nach dem Aufprall mit gebrochenem Genick tot auf dem durchnässten Waldboden liegen.

Den Raben aus der zweiten Angriffswelle erging es besser. Diese landeten kontrolliert auf dem Pick-up-Truck: auf dem Dach, auf den Spiegeln, auf der Motorhaube und auf der Ladefläche. Sie kleideten den Wagen schwarz und hackten auf dessen Lack und Windschutzscheibe ein. Letztere fiel sodann knirschend in sich zusammen und ebnete den Vögeln den Weg. Ihr Gekrächze war ohrenbetäubend. Luke blieb nur die Verteidigung. Der Baseballschläger war jedoch zu groß, um mit diesem in der engen Kabine und all dem Gewusel etwas auszurichten. Also nahm Luke die Taschenlampe aus dem Handschuhfach, aktivierte sie und schlug zu. So konnte er die Tiere blenden, deren Angriffe abschwächen und zugleich nach ihnen schlagen. Ihre schwarzvioletten Federn glänzten im Licht.

*Das Baseballspiel ist erst zu Ende, wenn alle neun Innings ge-
spielt sind; und bei Unentschieden die Extra Innings.*

Eine dritte Welle von Raben kam angerauscht und knallte
in die angeschlagene Heckscheibe, die ebenfalls in sich zu-
sammenfiel. Dann gaben die Seitenfenster nach. Die Fahrkabine füllte sich mit weiteren Raben. Der Vogelschwarm
wurde zu dominant. Bei all dem wilden Flügelschlag und
den blutverschmierten Schnäbeln konnte Luke nur noch
seine Arme und Hände schützend vors Gesicht halten.

Überraschenderweise lockerte sich der Haltegurt dabei,
sodass Luke mehr Bewegungsfreiheit erhielt. Er schüttelte
die Raben von sich ab und zog die Beine an seinen Oberkörper heran. Zugleich beugte er sich so weit zu den Knien herunter, wie der Haltegurt ihm gewährte. In dieser Schutzhal-
tung konnte er zwar keine Fleischwunden verhindern, aber
immerhin die wichtigsten Organe und Körperteile verteidi-
gen. Seine Kleidung sog sich voll mit Blut. Er hatte keine
Chance. So viele Vögel, so viel Schmerz.

Das war sein Ende. Da war er sich sicher. Entkräftet und
resignierend sackte er auf dem Sitz zusammen.

Dann fiel ein Schuss.

29

Durch den Knall kam Luke wieder zu sich und war erstaunt darüber, dass es nur diesen einen Schuss bedurfte, um den Spuk zu beenden. Die Raben brachen ihren Angriff ab und verschwanden im verregneten Nachthimmel.

Es verschaffte Luke eine kleine Verschnaufpause. Sein rot überlaufener Oberkörper fühlte sich an, als ob ihn tausend Nadeln durchlöchert hätten. Das Atmen tat ihm weh. Ob er froh sein konnte, noch am Leben zu sein, sollte sich in den nächsten Minuten zeigen.

Eine innere Stimme befahl ihm, nicht auszusteigen und wegzurennen, sondern sitzenzubleiben. Da draußen war etwas, ein wiederkehrendes Fauchen, versteckt im schwarzen Nichts. Es verhieß nichts Gutes.

Die Scheinwerfer, die beim Angriff der Raben nicht zerstört worden waren, warfen der Finsternis ihren schwachen Lichtstrahl entgegen; und das Fauchen erwiderte. Es aktivierte sein Fernlicht und offenbarte seine Position. Luke, der sich an die Dunkelheit gewöhnt hatte, wendete sich von diesem ab. Doch zuvor hatte er noch die Umrisse eines schwarzen Ford Raptor wahrgenommen, der seinem Pickup gegenüberstand; wie für ein Duell bereit.

Die Holzfäller!

Der Ford Raptor zog die Handbremse und gab Gas. Der fauchende Motor klang genauso bedrohlich wie das Gelächter, das herüberschallte. Luke wusste nicht, wie viele Holzfäller es waren und was sie mit ihm vorhatten, aber es ging hoffentlich schnell vorbei.

„Holt mich doch, Ihr Feiglinge!"

Luke drehte den Zündschlüssel herum. Ein Stottern. Der Motor verweigerte noch immer seinen Dienst, und die Flucht zu Fuß war weiterhin keine Option. Die Holzfäller saßen in einem fahrbaren Gefährt und waren mit Sicherheit bewaffnet. Zudem kannten sie sich hier draußen besser aus als er.

Wieder ein Fauchen, dieses Mal von hinten, dann ein heftiger *RUMMS*. Ein schmerzvoller Ruck ging durch Lukes Nacken. Ein zweiter Ford Raptor war unbemerkt aus der Dunkelheit hervorgekommen und hatte die hintere Stoßstange gerammt. Der Pick-up machte einen Satz nach vorn.

Luke schaute erschrocken nach hinten. Er musste sofort an Velociraptoren denken. Schlaue, flinke Dinosaurier, die auf zwei Beinen liefen und in einem ähnlichen Muster jagten, so hieß es. Ein Velociraptor stellte sich vor die verängstigte Beute und lenkte es ab, während seine Artgenossen sich seitlich oder von hinten näherten und das Opfer attackierten; ihre messerscharfen Krallen bohrten sich tief in das Fleisch der wehrlosen Beute. So wie jetzt bei Luke.

RUMMS.

Luke hat den Angriff von vorn nicht kommen sehen, weil er den Oberkörper noch immer nach hinten gedreht hatte und den Angriff an der hinteren Stoßstange verarbeitete. Ein weiterer schmerzhafter Ruck schoss durch seine Wirbel.

Die beiden Raptor umkreisten Lukes Wagen, rammten ihn immer wieder von verschiedenen Seiten; mal abwechselnd, mal zusammen.

RUMMS.

RUMMS.

Die Reifen des Pick-up-Trucks verloren mehrmals die Bodenhaftung.

RUMMS.

RUMMS.

In dem lauten Mix aus jaulenden Motoren, schmirgelndem Metall und durchdrehenden Reifen im Schlamm war der aggressive und dominierende Jubel der Holzfäller nicht zu überhören.

RUMMS.

RUMMS.

Plötzlich stand die Welt Kopf, alles drehte sich um Luke herum. Den beiden Raptoren war es gelungen, den Pick-up auf dessen Dach zu drehen. Der Innenraum füllte sich mit Regen und Matsch.

RUMMS.

Ein Raptor hatte die Fahrertür gerammt. Bei dem Versuch, zurückzusetzen, drehten dessen Reifen durch und wirbelten den nassen Erdboden in alle Richtungen. Ein Teil davon flog in die offene Fahrzeugkabine von Lukes Pick-up-Truck hinein. Luke, der sich die Arme und Hände schützend vors Gesicht hielt, wurde komplett eingesaut.

Der Raptor realisierte, dass er feststeckte, und ging vom Gas. Der Motor tuckerte vor sich hin. Der zweite Raptor stoppte ebenfalls.

Die Holzfäller änderten ihre Taktik.

Autotüren öffneten sich und fielen wieder ins Schloss. Auf den offenen Ladeflächen waren Schritte zu hören. Schattenartige Umrisse mit pupillenlosen weißen Augen huschten in den Kegeln der Scheinwerfer umher.

Das nächste Motorengeräusch, das ertönte, stammte von keinem Fahrzeug, auch wenn der Geruch von Benzin in der

Luft lag. Nur wenige Zentimeter von Lukes Kopf entfernt nahm eine Kettensäge ihre Arbeit auf. Eine Zweite kam unterstützend hinzu.

Schweißperlen, Blut, Matsch und Regenwasser bedeckten Lukes Stirn. Der Haltegurt, der sich beim Rabenangriff gelockert hatte, hatte sich wieder festgezogen. Bei einem gewöhnlichen Autounfall lebenswichtig, bei einem Holzfällerangriff weniger. Luke schrie seine Angst und Hilflosigkeit in die Dunkelheit hinaus, die vom Lärm der kreischenden Kettensägen und den funkensprühenden Äxten beinahe geschluckt wurde.

Lukes Sicht schwand, er sah nur noch ein weißes Licht auf sich zukommen, das stetig wuchs und die Finsternis in sich aufsog. Das war definitiv das Ende. Das war der Tod, der ihn abholte. Eine andere Erklärung hatte er nicht. Der Leuchtturm konnte es nicht sein. Hopeville war zu weit weg, als dass dessen kreisendes Licht hier zu sehen wäre. Einen Helikopter schloss Luke ebenfalls aus. Das Licht kam nicht von oben, sondern näherte sich von der Seite auf Bodenhöhe; und klopfende Rotorblätter waren auch nicht zu hören.

Mr. Baker schloss er ebenso aus. Dessen Dienstwagen würde nicht einen solchen langgezogenen, tief metallischen Ton erzeugen, der aus der Ferne wie eine Warnung klang. Was auch immer es war, selbst die furchtlosen Holzfäller wurden hellhörig, brachen ihren Angriff ab und ergriffen die Flucht. Der einzig verbleibende fahrtüchtige Raptor zündete den Motor. Die Männer stiegen in das Fahrzeug ein oder sprangen auf die Ladefläche; selbst dann noch, als der Wagen sich in Bewegung setzte und davonfuhr. Die, die es nicht auf das Fahrzeug schafften, rannten zu Fuß davon. Sie schienen es wirklich eilig zu haben. Den zweiten Raptor, der in Lukes Pick-up-Truck feststeckte, ließen sie zurück.

Der warnende Ton ertönte abermals. Jetzt lauter und länger. Das Signal klang wie von einem … von einem …

ZUG!

Luke schrak auf. Es konnte unmöglich ein Zug sein! Hier lagen doch keine Gleise!

Dieser blöde Haltegurt! Er muss doch irgendwie …!

Der kopfüberhängende Luke fummelte wie verrückt am Auslöseknopf herum, der ziemlich schnell Gnade walten ließ und sich löste. Luke purzelte auf die Dachinnenseite der eingedrückten Fahrkabine und drehte sich umgehend auf den Bauch; keine Zeit für Schmerzempfinden.

Der einzige Weg nach draußen führte durch das offene Fenster in der Fahrertür. Das Glas darin war durch die Angriffe fast vollständig herausgebrochen. Luke zwängte sich hindurch und … blieb stecken. Die Lücke war zu eng. Die scharfen Ecken und Kanten drückten sich in seinen Körper hinein. Sie bestraften jede unüberlegte Bewegung.

Das Warnsignal ertönte zum dritten Mal, jetzt deutlich näher. Luke blieben nur noch wenige Sekunden. Er musste sich irgendwie durch die Fahrertür zwingen und weitere Schnittwunden in Kauf nehmen. Im Wagen zu bleiben, bedeutete seinen Tod.

Das Licht raste auf ihn zu.

Nur noch wenige Meter.

„JANEKE!", schrie Luke. „Laat me niet alleen! Heeeeeelp!"

Der Zug erfasste den Pick-up-Truck und schliff diesen mit ins Ungewisse.

30

Leute, die dem Tod ins Auge sahen und zurückkehrten, berichteten oft von einem weißen Licht. Auch Luke sah in ein solches Licht hinein und wurde von diesem verschlungen. Im Inneren glich es einem weißen Raum, in dem es kein oben und kein unten gab, kein links und kein rechts, kein Schwarz und kein Grau. Selbst die Zeit schien abwesend. Lag er in einem Krankenhaus und träumte? Oder hatte man ihn in einem Sarg unterhalb der Erde – Six Feet Under – begraben? Zumindest sein Puls war auf dem Niveau eines Toten, flach und friedlich. Und dennoch fühlte er sich lebendig und in der Wärme, die in dem weißen Raum existierte, geborgen. Er stellte sich vor, wie Morpheus aus ‚Matrix' vor ihm erscheint und die legendäre Pillenfrage stellt.

„Dies ist deine letzte Chance. Danach gibt es kein zurück. Schluckst du die blaue Kapsel, ist alles aus. Du wachst in deinem Bett auf und glaubst an das, was du glauben willst. Schluckst du die rote Kapsel, bleibst du im Wunderland, und ich führe dich in die tiefsten Tiefen des Kaninchenbaus."

Vielleicht war der weiße Raum ja die Vorstufe des Himmels; oder der Übergang in die nächste Phase der Reinkarnation? Als was würde er wiedergeboren? Als Affe? Als Puck, die Stubenfliege? Oder als Holzbrett, weil er sein bisheriges Leben wie einen Vollpfosten beendet hatte. Er musste ja unbedingt New York City verlassen, statt sich seinen Problemen daheim zu stellen.

„Je bent hier veilig", flüsterte eine weibliche Stimme. Sie war – wie der Raum – angenehm warm und sorgte für ein geborgenes Gefühl. "Je bent hier veilig!"

Woher kam die Stimme? Luke drehte sich mehrmals um die eigene Achse. Er verstand die Worte. Sie sprach Niederländisch. Neben Englisch seine zweite Muttersprache.

„In Sicherheit?", fragte er. „Ich bin in Sicherheit? Wie meinst du das?"

Die Stimme wechselte ins Englische: „Janeke sagte mir, dass du unsere Sprache sprichst. Er mag dich!"

Aus der Ferne kam ein nebulöser Punkt auf ihn zu, wurde stetig größer und nahm allmählich die Form einer weiblichen Silhouette an. Dann gab sie sich zu erkennen. Luke war ihr bereits in Hopeville begegnet. In ihrer jetzigen Erscheinung war sie jedoch eine hübsche junge Frau. Ohne Narbe unter dem linken Auge.

„Sie sind Janekes Mutter!"

Die Frau lächelte. „Er sagt, du hast Spielzeug im Auto."

„Spielzeug?" Luke überlegte kurz, dann glaubte, er zu wissen, was sie meinte. „Meine Baseballsachen?"

„Er mag dich wirklich."

„Er hat mich umgebracht!"

„Er hat dich am Leben gelassen, weil er dich mag. Wenn er dich getötet hätte, wärst du nicht hier bei mir. Janeke ist ein guter Junge."

„Ein guter Junge?" Luke war fassungslos. „Warum macht Janeke so etwas? Ich meine, all diese Dinge?"

„Er möchte spielen."

„Spielen?"

„Een vos verliest wel zijn haren, maar niet zijn streken."

„Einem Fuchs gehen die Haare aus, aber nicht seine Streiche? Ich kann Ihnen nicht ganz folgen." Auch wenn sie ihn duzte, blieb er aus Höflichkeit beim Sie. Das war für ihn okay, nur die Unterhaltung fand er irgendwie schräg.

Mrs. Spines Mund lächelte, ihre Augen wirkten traurig. „In Janeke mag der Teufel wohnen, aber er ist immer noch ein Kind."

„Der Teufel? In Janeke?"

„Glaubst du an Gott?"

„Manchmal schon. Warum fragen Sie?"

„Begib dich zum Leuchtturm."

„Zum Leuchtturm? Ich …"

„Du kannst nur nach Hause, wenn du Janeke dazu bringst, dich gehen zu lassen. Er wartet dort auf dich."

„Sie sind seine Mutter. Sagen Sie ihm, dass er mich gehen lassen soll."

Mrs. Spines Lächeln starb. „Selbst, wenn ich es wollte, ich habe keinen Einfluss auf meinen Sohn!", sagte sie und setzte ein neues Lächeln auf, um Luke Zuversicht zu vermitteln, doch er erkannte ihre Verzweiflung. „Geh zum Leuchtturm. De Heer zij met jou."

31

Lag er etwa in seinem eigenen Bett in New York? Der Geruch des Kissens und die flauschige Bettdecke, die er auf seinem Körper spürte, waren ihm zumindest vertraut. Er öffnete die Augen und ... tatsächlich, er war wieder Zuhause. Ein wahres Wunder.

Und Wunder Nummer zwei folgte sofort. Obwohl Victoria vor Monaten ausgezogen war und seitdem keine andere Frau bei ihm übernachtet hatte, bezog er stets beide Seiten mit frischer Bettwäsche, um dem Universum zu signalisieren, dass er Victoria vermisste und sie nicht aufgab. Am heutigen Morgen lag die Bettwäsche auf Victorias Seite jedoch zerknittert und aufgeschlagen zur Seite. Er hatte letzte Nacht definitiv nicht allein im Bett verbracht.

Dann hörte er, wie im Bad nebenan Wasser in die Duschwanne plätscherte; und wie jemand summte.

Luke erkannte das Lied. Und die Stimme.

Victoria!

War das wirklich seine geliebte Frau, die in diesem Augenblick unbeschwert unter der Dusche summte? Hatte sie ihn nie verlassen? Hatte es den Autounfall mit dem kleinen Jungen in New England nie gegeben?

Von Glücksgefühlen berauscht, sprang er aus dem Bett, passierte die geschlossene Badezimmertür mit einem Lächeln und nahm jede zweite Treppenstufe nach unten in die Küche. Er wollte zur Feier des Tages für beide das Frühstück zubereiten. In seinen Gedanken malte er es sich schon aus, wie er mit Victoria den Tag verbringen und deren Leben in eine glückliche Zukunft bewegen könnte.

Er war tatsächlich wieder Zuhause. Die Farben der Tapeten, die Pflanzen, die Gerüche. Sogar die Fotos an der Wand, in denen die Erinnerungen ihres gemeinsamen Lebens festgehalten waren, hingen entlang der Treppe und auf dem Flur an ihren gewohnten Plätzen.

Auf Höhe des Arbeitszimmers blickte er zuerst flüchtig in dieses hinein, blieb dann irritiert stehen und schaute ein zweites Mal hinein. Dieses Mal bewusst.

Es waren nicht die Auszeichnungen an der Wand, die die Gewissheit, Zuhause zu sein, wie eine Seifenblase platzen ließen. Auch nicht Victorias Porträtbild über dem Schreibtisch oder der Ausblick auf die Straße, nein, es waren die beiden Figuren mit übergroßen Wackelköpfen im Bücherregal. Normalerweise standen dort zwei Spieler der New York Yankees: Derek Jeter und Mariano Rivera. In dieser Version seines Arbeitszimmers hingegen fand er die Abbilder zweier Quarterbacks vor, zwei Brüder, die mit ihrer jeweiligen Footballmannschaft den Super Bowl gewannen: Eli Manning und Peyton Manning. Dabei war Luke kein Fan von American Football.

Lukes heile Welt brach in sich zusammen.

Das Duschwasser wurde abgedreht und versiegte im Ausguss. Luke flog förmlich die Treppe hinauf, betrat das Bad und erwartete Victoria zu erblicken; aber das Bad war verwaist. Niemand stand unter der Dusche, niemand trocknete sich ab; oder cremte sich ein.

Die Person hatte das Bad kurz vor ihm verlassen, kam in diesem Augenblick aber wieder zurück. Sie schlich sich von hinten an ihn ran und legte ihre Hände über seine Augen.

Die Hände rochen nach Duschlotion.

„Schließ die Augen." Die weibliche Stimme klang wie Victoria und versprühte pure Lebensfreude. Doch nach dem Schock im Arbeitszimmer glaubte Luke, dass dies nur eine Illusion war. Ein Traum. Die perfekte Vorstellung einer Welt, wie er sie sehen wollte. Nichts weiter.

„Schließ die Augen. Aber nicht gucken, wenn ich meine Hände zurücknehme!", sagte die Stimme.

Luke schloss die Augen, und die Frau führte ihn ins Bett, wo er sich auf den Rücken legte. Ein langer, intensiver Kuss, der die einzigartige Vertrautheit ausdrückte, die sich zwischen den beiden über die Jahre entwickelt hatte. Bis zu dem Tag, an dem sie ihn über London in Richtung Wüste verlassen hatte.

Nach dem Kuss öffnete Luke seine Augen. Er lag im Gästebett des Diners; und Samantha auf ihm.

„Tut mir leid", sagte Luke müde.

„Du hast geträumt."

„Habe ich dich geküsst?"

„Ich muss mich entschuldigen. Ich habe deinen Wagen draußen gesehen und wollte wissen, ob mit dir alles in Ordnung ist. Warum du zurückgekehrt bist. Dann habe ich dich hier wie einen Toten liegen sehen. Als ich mich über dich gebeugt habe, um zu sehen, ob du noch atmest, hast du mich gepackt und geküsst."

„Der Sheriff! Dein Vater! Wenn er meinen Pick-up sieht, dann …!" Luke sprang förmlich aus dem Gästebett. Dabei hätte er Samantha mit seinen Füßen beinahe von der Bettkante gestoßen.

„Mein Dad ist im Wald. Er hat dich dort gefunden und zurückgebracht."

Obwohl Luke diese Nachricht etwas beruhigte, lief er im Raum auf und ab. Mr. Baker schien ihn nicht zu hassen. Vielleicht war dieser mit der Situation genauso überfordert wie er selbst. Luke war schon auf die nächste Begegnung mit ihm gespannt, denn ein Wiedersehen war garantiert.

„Mrs. Spine hat mit mir gesprochen", sagte er.

„Mrs. Spine? Wann hast du sie getroffen? Was hat sie gesagt?" Samantha hoffte, dass die Frau ihm all das erzählt hatte, wozu sie in der Nacht am See nicht in der Lage gewesen war.

„Sie sagte, dass Janeke mich nach Hause bringen kann. Ich soll heute Nacht zum Leuchtturm gehen."

„Tu das nicht! Du weißt nicht, was dich dort erwartet. Bleib bei mir!"

„Samantha, ich habe dich wirklich in mein Herz geschlossen, aber ich brauche Antworten. Ich vermisse mein Zuhause. Weshalb sollte es eine Falle sein?"

„Es ist nur ein Gefühl, aber dennoch. Mrs. Spine ist uns gegenüber sehr verschwiegen, verstehst du? Sie spricht nur mit meinem Vater. Daher bin ich verwundert, dass sie jetzt auch mit dir gesprochen hat. Dem Fremden. Aber angenommen, sie ist aufrichtig zu dir, so bleibt Janeke ein unberechenbares Risiko. Für uns alle."

„Warum redet Mrs. Spine nur mit deinem Vater? Und weshalb ist Janeke hinter mir her?"

„Hat dir Mrs. Spine denn nichts vom *Heiligen Experiment* erzählt? Oder den Namen Lutz Delaware erwähnt? Hat sie etwas über Janekes Fluch und dem Verschwinden unseres Bürgermeisters Mounte-Penny gesagt?"

Luke schüttelte den Kopf. Und so musste Samantha dem Fremden aus New York City die Geschichte erzählen. Vielleicht konnte sie ihn so davon abhalten, zum Leuchtturm zu gehen.

„Die Geschichte wird sich für dich ungewöhnlich anhören. Es wird dir schwerfallen, diese zu glauben."

„Was ich in den wenigen Tagen hier in Hopeville an paranormalen Aktivitäten erlebt – und überlebt – habe, verkraftet normalerweise kein Mensch. Mich kann nichts mehr schocken. Lass nichts aus. Einfach raus damit."

Samantha nickte und schluckte „Alles hat zwei Gesichter. Auch Hopeville. Wir waren eine kleine, harmonische Gemeinde, bis unser Bürgermeister, Mr. Mounte-Penny, nach mehr Ruhm und Ansehen strebte; über unsere Stadt hinaus. Seiner Vision nach sollte Hopeville in der ganzen Welt die erste Stadt sein, in der die Menschen unabhängig ihrer Hautfarbe, ihres Alters, ihrer Herkunft oder Glaubensgemeinschaft, harmonisch zusammenleben.

Mounte-Penny nannte es das *Heilige Experiment*. Während die Staaten sich untereinander zerfleischten, blieben wir von all dem verschont. Der Bürgerkrieg und der vorherrschende Rassenhass kamen nie bei uns an. Wir lebten alle friedlich miteinander. Ganz gleich, wer man war."

„Klingt wie der amerikanische Traum."

„Ja, aber Träume enden irgendwann."

32

...1892...

Der siebenjährige Janeke war sich keiner Schuld bewusst. Er war doch nur dem Rehkitz in den Wald gefolgt; und das nicht zum ersten Mal. Seine unbegrenzte Neugier trieb ihn regelmäßig dorthin; oder an den Strand, wo das Meerwasser so schön rauschte und diverse Dinge an Land spülte. Was jedes Mal zu Sorgenfalten auf der Stirn seiner Mutter führte.

Wie auch heute.

Gerade als sie sich mit dem Suchtrupp auf dem Weg machte, tauchten aus dem Gehölz zwei Gestalten auf: Mr. Baker und ihr siebenjähriger Sohn. Der Sheriff hatte ihn gefunden und unversehrt zurückgebracht.

„Gott sei Dank! Dir ist nichts passiert!" Erleichtert umarmte sie ihren Jungen. Sie erdrückte ihn fast.

„Gott ist immer mit ihm, und mit uns!", antwortete der Sheriff. „Der Kleine lief mir im Wald direkt in die Arme."

Mrs. Spine bedankte sich und nahm Janekes Hand. Der Suchtrupp löste sich auf. Mr. Baker verweilte noch ein wenig und blickte auf die weißen Häuser, die von außen einen idyllischen Charme versprühten. Hinter deren schönen Fassaden spielte sich jedoch alles Erdenkliche und Sündige ab. Es wurde gespielt, geliebt und gemordet. Bürgermeister Mounte-Penny hatte, um seinem Traum näher zu kommen, zu viele Leute in zu kurzer Zeit von irgendwoher eingeladen und gebeten, zu bleiben. Die Triebe des Menschen ignorierte er dabei. Gewisse Bedürfnisse waren jedoch so tief verankert, dass sie Oberhand nahmen. Da halfen auch keine gesellschaftlichen Regeln oder Gesetze. Die Stadt war einem solchen Andrang nicht gewachsen. Und mit dem neuen Sackbahnhof und dem Expo-Auftritt nächstes Jahr in Chicago (Hopeville nahm dort mit einer Sonderausstellung teil) kämen noch mehr Menschen in die Stadt. Der Ort war dem Untergang geweiht, da war Mr. Baker sich sicher. Bereits jetzt war er als Sheriff machtlos und überfordert. Was nicht bedeutete, dass er seinen Job nicht ernst nahm. Sobald ihm etwas Verdächtiges auffiel, war er durch und durch ein Ordnungshüter und ging diesem nach. So wie dieser Schatten, der sich einige Hundert Meter von ihm entfernt in den Wald schlich. Aus seinen Gedankengängen gerissen, nahm er verdutzt die Verfolgung auf.

Es folgte ein minutenlanger Fußmarsch.

Mr. Baker schloss der unbekannten Gestalt jedoch nicht auf, sondern hielt stets Abstand. Er sah die Person im schattigen Wald nur von hinten, aber er hatte eine Vermutung, wer es sein könnte.

Die Person blieb in einer Lichtung stehen, wo die untergehende Sonne ein letztes Mal über die Baumkronen hinweg schien, und zauberte ein weißes Tuch aus dem Ärmel hervor. Sie wischte sich damit den kahlen Kopf ab, auf dem heute ausnahmsweise kein Zylinder zierte; immerhin das Markenzeichen des beleibten Mannes.

Bürgermeister Mounte-Penny! Was macht der denn hier?

Der nervös um sich blickende Bürgermeister flüsterte etwas. Mr. Baker, der sich hinter einem dicken Baumstamm versteckte, konnte nichts verstehen. Aber jemand anderes hatte den Mayor erhört und gesellte sich dazu: Mr. Delaware, der Postmann.

Was ging hier vor sich? Warum trafen sich die beiden mitten im Wald? Der Sheriff ging einen Baum näher heran, um das bevorstehende Gespräch besser zu verstehen.

„Schön, dass Sie gekommen sind!"

„Ich nehme meine Geschäftsbeziehungen sehr ernst, Herr Mayor."

„Genau darüber wollte ich mit Ihnen reden, Mr. Devi … Mr. Delaware."

Mr. Devi…? Mr. Baker glaubte, sich verhört zu haben. Entweder hatte der Bürgermeister sich versprochen oder er traute sich nicht, das Ding beim Namen zu nennen. Wie Elektroimpulse auf der Datenbahn schossen die Gedanken durch Mr. Bakers Gehirn, schwirrten in seinem Kopf umher. Es bereitete ihm Schwierigkeiten, die frisch gewonnenen Erkenntnisse zu verdauen.

Der Bürgermeister versuchte, das Herz des harten Geschäftspartners zu erwärmen. „Ich bitte dich, Lutz. Ich habe mein Ziel noch nicht erreicht."

„Ziele ändern sich, Mr. Mounte-Penny, und wir haben nicht über Ziele gesprochen, sondern einen Handel abgeschlossen."

„Ich brauche mehr Zeit!"

„Sie hatten genug Zeit, und sagen Sie mir nicht, dass Ihr Gewissen Sie jetzt plagt. Als wir den Deal abschlossen, stand Ihnen Ihr Glaube auch nicht im Weg. Ich habe geliefert, Sie zahlen!"

Mr. Baker begriff allmählich die Worte der beiden Herren. Er konnte nicht glauben, dass der Bürgermeister einen Pakt geschlossen hatte. Offenbar mit dem Teufel selbst, denn Mr. Delawares Vorname Lutz kam dem Namen des Teufels Luzifer nahe.

Wobei der Teufel mehrere Namen trug.

Die Ausweglosigkeit erkannt, wich der Bürgermeister zurück, bis ein Baum ihm den Weg versperrte. Mr. Delaware schloss auf und kam dem Mayor so nahe, dass die beiden Nasenspitzen sich beinahe berührten. Mounte-Penny roch den schweflige Atem des Postmannes.

„Wir haben einen Deal." Mr. Delawares Stimme klang nun verzerrt und tief. „Sie kannten Ihren Einsatz, und ich werde diesen einfordern! Schon bald!"

„Luzifer, bitte!"

Für Mr. Baker war es jetzt amtlich. Das ganze Tamtam um Hopeville war ein Lügenkonstrukt, das bröckelte. Hopeville war ein Traum, der sich in einen Albtraum verwandelte, und niemand, nicht einmal Mr. Baker, konnte etwas dagegen unternehmen; außer vielleicht Gott.

„Sie haben genug Ersuchen und Aufschiebungen gehabt. Dank meiner Hilfe wurden Sie zum Bürgermeister gewählt. Dank meiner Hilfe strömen die Menschen aus allen Richtungen herbei. Sie haben Ihren Ruhm bekommen. Jetzt ist es an der Zeit, Ihre Schuld zu begleichen. Halten Sie den Kontrakt ein. Entweder opfern Sie regelmäßig einige Ihrer Bewohner oder ich hole mir die Seelen selbst!"

Ein Knacken, wenige Meter von der Unterhaltung entfernt. Die beiden Männer fühlten sich um ihr Geheimnis ertappt und horchten auf. Jemand, der sich ihnen näherte, war auf einen Haufen kleiner Äste getreten.

Auch der Sheriff in seinem Versteck schrak auf. Die Person, die plötzlich vor den beiden Männern in den Sonnenstrahlen der untergehenden Sonne stand, war seine Frau!

Und sie war in Gefahr! Er musste hinter dem Baum hervorkommen und sie von dort wegzerren, aber irgendjemand legte eine Hand um seinen Mund und hielt ihn davon ab.

33

...1892...

Mr. Baker gelang es nicht, sich aus der Umklammerung zu befreien. Der Angreifer war zu stark. Er musste hilflos mit ansehen, wie Mr. Delaware seine Frau mit einer ausholenden Armbewegung zu sich heranzog und ihr die Kehle zudrückte. Sie stand kurz vor der Bewusstlosigkeit.

„Lassen Sie sie los!", flehte der Bürgermeister. „Sie hat nichts getan! Das ist die Frau des Sheriffs!"

„Wir können keine Zeugen gebrauchen. Egal, wer sie ist", erwiderte der Postmann und saugte den letzten Lebensfunken in ihr aus. Ihr schlaffer Körper fiel zu Boden. „Die Frau betrachte ich als Anzahlung, lieber Herr Mayor. Gehen Sie, und genießen Sie die Zeit, die Ihnen noch bleibt."

Mr. Delaware löste sich in Rauch auf, und der schockierte Bürgermeister verließ die Lichtung. Allein die tote Frau blieb auf dem Waldboden zurück.

Die Hand um den Mund des Sheriffs löste sich; wie auch die Umklammerung. Mr. Baker drehte sich um und schaute in die Augen des Mannes, der ihn davon abgehalten hatte, seine eigene Frau zu retten. „Warum haben Sie das getan!?", schrie er. „Sie haben meine Frau auf dem Gewissen!"

„Es ist wichtig, dass Sie am Leben bleiben. Hopeville wird Sie bald mehr brauchen als jemals zuvor!", sprach sein Gegenüber.

Das war das erste Mal, dass Mr. Baker den Mann sprechen hörte. Der Mann mit den langen grauen Haaren, der mit seinen Hunden zurückgezogen auf einem Grundstück am Rande von Hopeville lebte und den die Bewohner Silent Dog nannten. Es hieß, er habe schon immer dort gewohnt und sei schon immer alt gewesen.

„Was soll das heißen? Dass ich mich bei Ihnen auch noch bedanken soll? Spielen Sie nicht den Schutzengel auf Erden!"

Ohne darauf eine Antwort zu geben, wandte sich Silent Dog ab und verschwand im Wald. Mr. Baker lief bestürzt zu seiner toten Frau und kniete sich zu ihr herunter.

Einige Tage später wurde sie zu Grabe getragen. Samantha hielt die Hand ihres Vaters, der mit glasigen Augen auf den Sarg schaute, während Priester Medley die Trauerrede hielt. Mr. Baker verstand die Welt nicht mehr. Sein Glauben bröckelte. Warum ließ Gott es zu, dass der Teufel seine Frau tötete? Ihr Tod war vollkommen sinnlos. Sie war den Männern rein zufällig begegnet. Sie hatte zuvor ihren Bruder, Mr. Wooter, und dessen Männer im Holzfällerlager mitten im Wald besucht. Ausgerechnet an diesem Abend musste seine Frau dem Bürgermeister und dem Teufel über den Weg laufen.

Der Sarg wurde hinuntergelassen, und die erste Erde fiel auf den Sargdeckel. Kurz darauf löste sich die Trauergemeinschaft auf. Allein der Sheriff blieb am Grab zurück. Zumindest für eine Weile. Bis Mr. Wooter sich zu ihm gesellte.

„Du hast meine Schwester auf dem Gewissen!"

„Ich hätte alles dafür getan, sie zu beschützen. Glaub mir." Mr. Baker wollte sich nicht rechtfertigen; oder dem Holzfäller eine Teilschuld geben. Eine Teilschuld dafür, dass dieser seine eigene Schwester allein durch den Wald gehen ließ.

„Ich war von Anfang an dagegen, dass du meine Schwester zu deiner Frau nimmst!"

„Zum Glück lag das nicht in deiner Hand!"

Mrs. Spine näherte sich den beiden. Bevor sie in deren Hörweite kam, legte Mr. Wooter dem Ordnungshüter einen Arm um die Schulter und flüsterte: „Meine Rache schon! Wenn sich mir die Möglichkeit bietet, dir das Leben zur Hölle zu machen, werde ich sie nutzen!" Dann ging er davon.

Samantha, Mrs. Spine und Janeke blieben den restlichen Tag beim Sheriff, sie wichen ihm nicht von der Seite. Erst am späten Abend umarmte Mrs. Spine Mr. Baker lang und innig zum Abschied. „Ich werde für dich da sein, wenn du mich brauchst. Wir stehen das gemeinsam durch", sagte sie und machte sich dann mit Janeke auf.

34

Samanthas Geschichte lieferte Luke die Erklärung für das angespannte Verhältnis zwischen dem Sheriff und dem Holzfäller, warf aber zugleich neue Fragen auf.

„Okay, aber was hat das mit Janeke zu tun? Wie ist er zu dem geworden, was er jetzt ist? Und warum hat er einen Mädchennamen?"

Samantha nickte. „Der Teufel hatte seinen Teil des Deals erfüllt. Es war also an der Zeit, dass Bürgermeister Mounte-Penny seinen Beitrag leistete und dafür bezahlte. Die Währung waren jedoch wir, die Bewohner von Hopeville."

35

...1892...

Sie ahnten nicht, was Luzifer für sie bereithielt. Die Stimmung unter den Bewohnern von Hopeville war an diesem Tag besonders groß. Sie feierten die Ankunft der englischen Pilgerväter vor etwa zweihundert Jahren. Zugleich sahen sie einer rosigen Zukunft entgegen, was die Euphorie noch mehr beflügelte. Es schien, als ob das *Heilige Experiment* des Bürgermeisters William Mounte-Penny geglückt war.

Das Städtchen wurde vom umliegenden Wald fast vollständig umringt. Nur die Ostküste wirkte dem Gehölz entgegen. Die Wellen des Atlantischen Ozeans traten an diesem Tag außergewöhnlich zart an Land. Ihr beruhigendes Rauschen konnte man über die Klippen hinweg hören.

Der weiße Leuchtturm glänzte in den Strahlen der späten Nachmittagssonne. Einst hatte der Turm als Wegweiser für die Neuankömmlinge aus Europa gedient, die in der neuen Welt auf eine bessere Zukunft hofften. Jetzt bot er den lokalen Fischern Orientierung.

Die hereinströmenden Besucher wurden am einzigen Ortseingang von einem Schild aus Pinienholz begrüßt:

HERZLICH WILLKOMMEN
IN HOPEVILLE

Zum feierlichen Anlass hing zusätzlich ein cremefarbenes

Stoffbanner am Ortsschild:

Unsere Stadt auf dem Hügel.
Die Welt schaut auf uns!

Die Glocken des Kirchturms ertönten. Mit dem Geläut einher, traten Priester Medley und Bürgermeister William Mounte-Penny aus dem Gotteshaus hervor und nahmen schnellen Schrittes die Stufen hinunter. Sie würdigten der festlichen Aktivität vor ihnen keines Blickes.

Priester Medley trug wie gewohnt ein schwarzes Gewand, das durch seine dünnen Schultern halt fand. Er zähmte seine flinken Beine, um auf Höhe des Stadtoberhaupts zu bleiben, der sich sichtlich abmühte. Bürgermeister Mounte-Penny wiederum wollte beim Abstieg nicht vom Gottesdiener abgehängt werden; und so holte er alles raus, was seine in Mitleidenschaft gezogenen Knie hergaben. Zu lange schon trugen sie seinen wohlgenährten Körper.

Lieber die Schmerzen in den Gelenken, als vom dürren Priester abgehängt zu werden, dachte er. Was sollten die Anwesenden denn sonst von ihm denken?

„Es wird ein … großartiger … Tag", keuchte Mounte-Penny. Er schnappte heftig nach Luft. „Selbst der HERR … steht uns bei."

„Wohl wahr, Herr Bürgermeister", sagte der Priester.

Sie begaben sich beide zum Rednerpult, an dem eine amerikanische Flagge mit dreizehn roten und weißen Streifen sowie vierundvierzig Sternen hing. Zuletzt wurde der Staat Wyoming 1890 in die Union aufgenommen.

Die Hände an das Pult geklammert, als müsste er gegen

einen Sturm ankämpfen, begann Bürgermeister Mounte-Penny seine Rede. „Meine liebe Gemeinde, heute ist ein wichtiger Tag für uns und ganz Amerika! Für die gesamte Menschheit! Was wir erschaffen haben, ist etwas ganz Besonderes! Es ist Gottes Segen, der uns das goldene Zeitalter beschert!"

Es war nicht besonders warm. Der Ostwind hatte eine angenehme, kühlende Wirkung, doch Bürgermeister Mounte-Penny spürte die Hitzewallungen in sich aufkommen. Er versuchte jedoch, sich nichts anmerken zu lassen. Wenn die Bewohner wüssten, zu welchem Preis er den heutigen Tag anpries.

„Als unsere Pilgerväter dieses wunderbare Land betraten, da wussten sie, dass es sich um das auserwählte Land Gottes handelte, auf das sie seit Jahrhunderten gewartet hatten. Und John Winthrop, der mit der berühmten Mayflower nach Amerika segelte, predigte, dass man in diesem Land, das wir heute Amerika nennen, eine Stadt auf einem Hügel errichten werde. Als Symbol für ein friedliches und harmonisches Zusammenleben der Menschen. Eine Stadt auf einem Berg oder auf einem Hügel ist für jeden sichtbar, sie ist für jeden präsent. Auch aus der Ferne. Hopeville, meine Damen und Herren, braucht keinen solchen Berg, und auch keinen Hügel. Wir sind auch so für alle sichtbar. Wir sind der erste Ort, an dem das Heilige Experiment Gottes geglückt ist. Die ganze Welt schaut auf uns."

Die innere Hitze machte ihm weiter zu schaffen. Er zauberte aus seinem linken Ärmel ein weißes Tuch hervor und wischte sich damit die Schweißperlen von Stirn und Nacken.

36

...1892...

Alles Propaganda, dieser selbstsüchtige Bastard, dachte Mrs. Spine. Mit verschränkten Armen an eine Hauswand gelehnt, lauschte sie der Rede des Bürgermeisters. Für sie war er ein Lügner, der die Stadt ins Verderben stürzte. Die meisten Bewohner soffen den ganzen Tag; und gegen Abend, wenn der Alkoholpegel allmählich den Siedepunkt erreichte, artete es in Schlägereien und Massenorgien aus. Das war das Werk des Teufels, da war sie sich sicher. Ein Wunder, dass bisher niemand verletzt worden oder gestorben war. Sogar der Priester war machtlos. Warum schaute Gott einfach nur zu?

Mrs. Spine stand den Entwicklungen in der Stadt verärgert und ablehnend gegenüber, aber ihr war auch bewusst, dass es keinen besseren Ort für sie und ihren Sohn Janeke gab. Die Industrialisierung in Amerika brauchte eine ganze Armee an Arbeitskräften, sodass auch junge Geschöpfe wie Kinder herangezogen wurden.

Zudem waren sie in Hopeville vor Janekes Vater sicher.

Sie glitt mit dem Mittelfinger über die lange, vertikal verlaufende Narbe unter ihrem linken Auge, die ihr als Andenken geblieben war. Wären sie dem alkoholabhängigen Tyrannen nicht entkommen, dann wäre dem Jungen und ihr eines Tages definitiv etwas sehr Schlimmes zugestoßen. Sie ließ ihren Sohn im Glauben, sein Vater sei kurz nach der

Geburt gestorben. Der Schutz ihres Kindes war wichtiger als die Wahrheit. Und vielleicht war sein Vater, dem Alkohol sei Dank, mittlerweile schon tot.

Ihr Mann und sie hatten den Unterprivilegierten angehört, die ihre Arbeitskraft in Fabriken und im Eisenbahnbau anboten und dafür wenige Cents am Tag erhielten; als Lohn für den Verschleiß des eigenen Körpers. Ihr Mann war deutlich älter als sie gewesen und hatte das verdiente Geld regelmäßig gegen Alkohol eingetauscht. Er war jeden Tag alkoholisiert nach Hause gekommen und hatte in den Schränken nach Nachschub gesucht. Nüchtern zu sein, war ihm ein Graus gewesen. Seine Frau hatte er dabei größtenteils ignoriert; und wenn sie in seinen Fokus geriet, so hatte er sie pausenlos angeschrien.

Eines Abends, als er keinen Alkohol vorgefunden hatte, hatte er seiner Frau – zu diesem Zeitpunkt sechzehn Jahre alt und hochschwanger – vorgeworfen, sämtlichen Alkohol im Haus vorsätzlich weggeschüttet zu haben. Damit er Zuhause nicht weitersaufen könne. Sie hatte ihm nicht geantwortet; und das brauchte sie auch nicht. Er hatte es in ihren Augen gesehen. Seine ganze Wut entlud sich über die geballte Faust, die sodann in den Küchenschrank sauste und die Glasscheibe in der Tür zerschlug. Sein Arm war blutüberströmt; in der Hand hielt er einen Glassplitter. Die Verletzung und der zerstörte Schrank brachten ihn noch weiter in Rage. Er baute sich vor seiner Frau bedrohlich auf und holte mit der Hand, in der sich der Glassplitter befand, aus.

Der Splitter durchfuhr ihr Gesicht.

Ernüchterung trat ein. Was hatte er nur getan? Seine eigene schwangere Frau! Er ließ den Glassplitter fallen und verließ mit wässrigen Augen fluchtartig das Haus. Mrs.

Spine verbrachte die Nacht schlaflos allein. Die Pistole unter dem Kopfkissen konnte ihr die Angst vor seiner möglichen Rückkehr nicht nehmen.

Glücklicherweise blieb er fort.

Am nächsten Morgen hatte der Postmann vor der Tür gestanden. Beim Anblick ihrer Stichwunde im Gesicht, die sie behelfsmäßig selbst behandelt hatte, war dem Zusteller sein gewohntes Begrüßungslächeln vergangen. Er war ein guter Freund und wichtiger Vertrauter von Mrs. Spine. „Ich bin Lutz Delaware, der neue Postie", hatte er sich einst beim ersten Treffen vorgestellt. „Delaware, wie der erste Bundesstaat der USA."

Er war schockiert und fassungslos gewesen, Mrs. Spine in solch einer Verfassung zu sehen. Und so hatte er ihr angeboten, auf der Postkutsche mit nach Hopeville zu reisen. Das idyllische Städtchen an der Nordostküste läge auf seiner Zustellungstour. Dort sei sie sicher; und sie bejahte.

Aber selbst im idyllischen Hopeville lauerten Gefahren. Ihr Versuch, Janeke nach puritanischen Prinzipien zu erziehen, fiel ihr schwer. Der Ort war zu verführerisch, und das Fleisch willig. Die berauschenden Reize hatten bereits Anhänger verschiedener Glauben bekehrt.

Der Ort prägte die Wahrnehmung und die Umwelt des naiven und noch unerfahrenen Jungen, denn die Welt der Erwachsenen blieb nicht immer in den weißen Häusern verborgen. Mrs. Spine hoffte, dass ihr Sohn diesen Einflüssen ein Leben lang standhaft bleiben und er sich niemals in den verruchten Räumen von Hopeville verlieren möge.

Ihr war bereits früh bewusst, dass Janeke immer anders sein würde als die anderen Kinder. Er hatte eine Sprachstörung, die vermutlich auf die Prügelattacken seines alkoholabhängigen Vaters zurückzuführen war, die er im Bauch seiner Mutter einstecken musste. Sie tröstete sich damit, dass es Gottes Wille war und somit Janekes Schicksal. Sie setzte alles daran, ihren Sohn gut durchs Leben zu bringen, damit Gott ihn am Lebensende herzlich aufnahm. Zugleich wollte sie Janeke einfach nur Kind sein lassen, denn ihm fiel es schwer, sich in der zwischenmenschlichen Welt einzufinden. Er wurde von den anderen Kindern zwar akzeptiert, aber integriert war er nicht. Wenn sie ihn grüßten, reagierte er selten. Wenn die Kinder spielten, saß er teilnahmslos am Rand. Und wenn er verschwand, war das für sie auch okay.

Nur wenigen Menschen gegenüber reagierte er mit einem direkten Lächeln. Und seine Mutter war die einzige, mit der er ein paar Worte sprach; wenn auch nie in ganzen Sätzen. Ihr einziger Erfolg war es, ihm das Lied Vader Jacob beizubringen. Sie sangen es immer vor dem Schlafengehen. Er liebte den zeilenversetzten Klang der Stimmen. Er setzte immer mit der ersten Zeile ein, wenn seine Mutter die zweite begann. Nichtsdestotrotz war er ein helles Köpfchen, besaß eine schnelle Auffassungsgabe, eine blühende Fantasie und eine unendliche Neugier gegenüber seiner Umwelt. Er musste alles anfassen, fühlen, sehen, riechen, hören und schmecken.

Eigentlich hieß er Janek, schließlich war er ein Junge, aber er selbst nannte sich Janeke, weil ihm der Klang der weiblichen Version besser gefiel. Anfangs hatte man ihn noch korrigiert, aber weil es von ihm immer wieder Proteste gehagelt hatte, blieb man irgendwann bei Janeke. Auch seine Mutter.

Die geschwungene Rede des Bürgermeisters hallte zunehmend in Mrs. Spines Gedanken und führte sie zurück in die Gegenwart. Sie hielt nach ihrem siebenjährigen Jungen Ausschau. Dieser war spurlos verschwunden und hatte sich lange nicht mehr blicken lassen. Janeke war ein guter Junge, aber mit einem starken Entdeckungstrieb. Wahrscheinlich war er wieder dabei, seine Welt mit allen Sinnen zu erforschen.

Am heutigen Morgen hatte sie ihm noch gesagt, dass am Nachmittag eine Dampflok in Hopeville halten würde; zum allerersten Mal in der Geschichte der Stadt. Janeke war sofort Feuer und Flamme gewesen. Mit einem nickenden Ja hatte er ihr versprochen, in der Nähe zu bleiben, damit sie die Lok gemeinsam besichtigen konnten.

Nun war er weg.

Wo bist du nur, mein Junge?

Je länger Janeke nicht zu sehen war, desto höher schlug ihr Puls. Sie konnte nicht länger herumstehen und warten.

37

...1892...

Bürgermeister Mounte-Penny redete unaufhörlich weiter.

„Die Auseinandersetzungen mit den Ureinwohnern, die Amerikanische Revolution wie auch der Amerikanische Bürgerkrieg sind spurlos an uns vorbeigegangen. Wir ernteten lediglich die Früchte der Unabhängigkeit, ohne uns an diesen Konflikten beteiligt zu haben. Und die Sklaverei war für uns nie ein Thema. Vor Gott sind wir alle gleich. *ER* liebt uns alle, egal, wer wir sind und woher wir stammen. Also wollen wir auch so miteinander leben."

Der Bürgermeister hielt inne und holte Luft.

„Zu unserem heutigen Jahrestag habe ich beschlossen, die industrielle Bewegung in unserer Stadt willkommen zu heißen."

Er zeigte mit einem stolzen Fingerschwenk zur qualmenden Dampflok, die am Bahnsteig stand. Dann zog er erneut das weiße Tuch aus dem Ärmel hervor, nahm den Zylinder von seinem Kopf und befreite die Glatze vom Schweiß.

„Verzeihen Sie mir, Ladies und Gentlemen, aber nicht nur die rauchende Dame aus Stahl dampft heute, sondern auch mein Schädel."

Allgemeines Gelächter und Grölen sowie vereinzelter Applaus. Mounte-Penny quälte sich zu einem breiten Grinsen. Die Anwesenden schienen seinen Schweißausbruch nicht als Zeichen von Unsicherheit zu deuten. Sie lauschten seinen Worten und begrüßten ihre goldene Zukunft mit Jubel und Applaus. Wenn sie wüssten, welchen Preis sie dafür bezahlten.

38

...1892...

Die Arme weit auseinandergestreckt, imitierte Janeke eine gleitende Möwe im Himmel. Der Wind wehte durch sein Haar und streifte über die Haut. Er liebte den Strandabschnitt außerhalb der Stadt. Hier war er allein und ungestört. Er liebte den Sand, den salzigen Geruch des Wassers und die Steine, Krabben und Muscheln, die vom Ozean angespült wurden. Er wollte hier nur kurz verweilen und artig zurückkehren, bevor Mama seine Abwesenheit überhaupt bemerkte. Sie sollte sich nämlich keine Sorgen um ihn machen. Erst vor zwei Tagen war er bei Abenddämmerung einer Eule in den dichten Wald gefolgt, bis er sie nicht mehr sehen konnte. Daraufhin war er selbstständig nach Hopeville zurückgekehrt, wo Mama ihn mit offenen Armen und wässrigen Augen empfangen hatte.

Er wusste, dass seine spontanen und unangemeldeten Entdeckungsreisen für seine Mutter nicht gut waren. Deshalb nahm er sich vor, dies künftig nicht mehr zu wiederholen; also nach dem heutigen Ausflug am Strand natürlich. Er war nämlich so sehr auf die Dampflok gespannt, dass er die Zeit bis zu ihrer Ankunft hier verbringen wollte; damit die Wartezeit schneller verging. Er kannte Dampfloks bisher nur von Fotos in Zeitungen, die er im Laden unweit seines Zuhauses durchblätterte, bis der Ladenbesitzer ihn stets mit einem freundlichen Lächeln bat, die Journale zu kaufen oder zurückzulegen.

Eine echte Dampflok! So richtig mit Rauch und Zschsch-Zschsch-Lauten. Davon hatte Mr. Delaware, der als Postmann weit herumkam, ihm einmal erzählt.

Die ausgestreckten Flügel einer Möwe verwandelten sich in die Kuppelstangen einer prächtigen Dampflok. Mit eng am Oberkörper angelegten Ellenbogen bewegte Janeke die Arme entgegengesetzt voneinander im Kreis. Mit jeder Wiederholung drehten sie sich schneller.

Aus seinem Mund kamen Zschsch-Zschsch-Laute hervor.

Eine echte Dampflok!

Derweil bildete sich draußen über den Ozean eine graue Wolkendecke, die mit stummen Blitzen auf Hopeville zusteuerte.

Janeke glaubte, zwischen den Blitzen ein verschwommenes Gesicht zu sehen. Ein vertrautes Gesicht.

„Delaware", sagte er und zeigte auf die Erscheinung, die grinsend verschwand. Mit der Hoffnung, das Gesicht wiederzusehen, starrte er weiter in den Himmel.

Die graue Wetterfront baute sich weiter bedrohlich auf. Donner mischte sich hinzu.

Zwischen den Wolken tauchte abermals das Gesicht auf.

„Delaware", lächelte Janeke. „Lutz Delaware."

Das Delaware-Gesicht verwandelte sich in eine rote Fratze mit weiß leuchtenden Augen. Ihr fieses Lachen schallte über den Ozean hinweg.

„Gesicht böse", sagte Janeke und rannte verängstigt davon, ohne zu wissen, ob der Dämon am Himmel ihn verfolgte. Er drehte sich nicht um. Einfach nur heil nach Hause kommen. Die Erwachsenen würden ihn schon beschützen.

Die Strecke zwischen dem Leuchtturm und den ersten

Häusern erschien ihm endlos.

Zur Beruhigung sang er sein Lieblingslied:

Vader Jacob! Vader Jacob!
Slaapt gij nog? Slaapt gij nog?
Alle klokken luiden! Alle klokken luiden!
Bim, bam, bom! Bim, bam, bom!

39

...1892...

Mrs. Spine konnte nicht mehr länger warten. Sie musste ihren Jungen suchen.

Anstatt für alle sichtbar den Festplatz zu überqueren, schlich sie sich hinter den Häusern entlang. Dort liefen ihr Kinder in die Arme, die Fangen spielten. Auf die Frage, wo Janeke sei, zuckten diese bloß mit den Schultern.

Dann ein Aufschrei vom Festplatz.

Mrs. Spine rannte zurück und stoppte an den Treppenstufen vor der Kirche. Sie konnte ihren Jungen nicht sehen, da eine Menschenmenge ihr die Sicht versperrte, aber sie konnte ihn weinen hören. Sie fuhr ihre Ellenbogen aus und bahnte sich ihren Weg durch die Menge. Sie schob sich auch an Bürgermeister Mounte-Penny und Priester Medley vorbei, die in der vordersten Reihe mit dem Rücken zu ihr standen. Niemand der Anwesenden sagte etwas, sie alle standen still und passiv da.

Mrs. Spine konnte auf Janeke nicht böse sein. Dafür, dass er wieder mal weggerannt war. Als sie ihn in die Arme nahm und sein Gesicht an ihre Brust drückte, hörte er auf zu weinen. Seine Atmung legte sich. Auf dem Festplatz wurde es so still, dass man Janeke leise singen hörte.

Vader Jacob! Vader Jacob!
Slaapt gij nog? Slaapt gij nog?

Alle klokken luiden! Alle klokken luiden!

Bim, bam, bom! Bim, bam, bom!

Als die vierte Zeile endete, begann Janeke von vorn.

„Alles gut, Janeke!", sagte sie und streichelte seine Haare, die sich mit einem Mal trocken und spröde anfühlten. Irgendetwas stimmte hier nicht. Sie löste sich aus der Umarmung und betrachtete ihren Sohn. In seinen blonden Haaren schimmerten rote Strähnchen; und obwohl er sang, blieb sein Mund geschlossen. Mit jeder gesungenen Zeile wurde seine Stimme lauter; und tiefer.

Vader Jacob! Vader Jacob!

Slaapt gij nog? Slaapt gij nog?

„Mrs. Spine, beruhigen Sie ihn! Auf der Stelle!", forderte Mr. Mounte-Penny sie auf. Er duldete es nicht, dass der Junge seine wunderbare Rede störte. Erst recht nicht an solch einem bedeutsamen Tag seiner politischen Karriere; und natürlich für das Städtchen selbst. Er setzte seinen Zylinder ab und wischte sich mit dem weißen Tuch die halbe Kopfplatte und den Nacken ab. „Unternehmen Sie etwas! Der Kleine soll mit dem Singen aufhören! Sofort!"

Alle klokken luiden! Alle klokken luiden!

Bim, bam, bom! Bim, bam, bom!

Für die Worte des Bürgermeisters war Mrs. Spine, die unter Tränen stand, nicht empfänglich. Sie wollte nicht glauben, was sie in den seelenlosen dunklen Augen ihres lieben Jungen sah. War dies Janekes Schicksal? War dies Gottes Wille?

Dem musste so sein.

„De Duivel is hier!", sagte sie schließlich, ließ von ihrem Jungen ab und suchte das Weite.

Bürgermeister Mounte-Penny musste tief schlucken. Er verstand zwar kein Niederländisch, aber er wusste, wer der *Duivel* war. Und wenn die puritanische Mutter ihren Sohn zurückließ, bedeutete dies nichts Gutes.

Janeke drehte sich zum Bürgermeister. Seine Augen leuchteten auf. Sein diffuses Lächeln mutierte zu einem düsteren Lachen. Das wundersame Kind lachte und sang zugleich; auch wenn jetzt langsamer. Und mit jeder beendeten Zeile kam eine weitere Stimme hinzu. Nicht mit der eigenen, sondern mit einer anderen. Janeke war nur noch ein Medium.

Mounte-Penny! Mounte-Penny!
Schläfst du noch? Schläfst du noch?
Hörst du nicht die Glocken!
Hörst du nicht die Glocken!
Bim, bam, bom! Bim, bam, bom!

Das schwere Unwetter erreichte Hopeville; die Wolken schluckten das Sonnenlicht. Die eintretende Finsternis nahm den Anwesenden die Sicht. Allein die Blitze erhellten den Schauplatz immer wieder für den Bruchteil einer Sekunde. Kurz darauf fielen die Wassermassen vom Himmel. Die Bewohner und Gäste sprangen von den Stühlen und Bänken auf und rannten auf der Suche nach Schutz in alle Himmelsrichtungen davon. Die Getränke und Speisen auf den festlich geschmückten Tischen wurden vom Wind erfasst und weggefegt. Der Bürgermeister dachte jetzt ebenfalls daran, vom Festplatz zu verschwinden. Aber seine zitternden Knie, die seinen wohlgenährten Körper trugen, und die Finsternis erschwerten ihm die Flucht. Er tapste auf der großen Wiese orientierungslos umher.

Mounte-Penny! Mounte-Penny!
Weißt du noch? Weißt du noch?
Ich komm', um euch zu holen!
Ich komm', um euch zu holen!
Bim, bam, bom! Bim, bam, bom!

„Aufhören! Hören Sie sofort auf! Lassen Sie uns in Frieden!", schrie Mounte-Penny. Dann wurde er durch die Wucht eines Blitzes, der in seiner Nähe einschlug, mit voller Härte zu Boden geworfen; war kurzzeitig erblindet. Sein Gesicht brannte. Als er wieder sehen konnte, erkannte er einen alten Bekannten vor sich stehen, der dämonenhaft grinste: Mr. Delaware.

Der Mayor ahnte Böses, versuchte, auf die Beine zu kommen, aber die heftigen Böen, die aufgeweichte Wiese und sein wohl genährter Körper standen seiner Flucht weiterhin entgegen. Ihm blieb nur die Hoffnung auf eine weitere Gnadenfrist.

„Mr. Delaware! Bitte! Es ist zu früh! Geben Sie mir noch etwas Zeit."

Der Postmann schüttelte den Kopf und setzte einen Fuß auf Mounte-Pennys Brustkorb. Sein grinsendes Gesicht besaß eine starke Ähnlichkeit mit der roten Fratze, die den kleinen Janeke am Strand verängstigt hatte. „Sie hatten Ihre Zeit, Herr Mayor. Jetzt ist diese um. Machen Sie es gut. Es hat mich gefreut."

Mr. Delaware ließ von ihm ab und verschwand aus dessen Sichtfeld. Der Bürgermeister spürte sodann einen leichten Sog; direkt unter sich!

Der Boden!

Wie Treibsand!

Mounte-Penny versuchte noch, seinen schweren Körper in die Vertikale zu bringen, aber er kam einfach nicht auf die Beine. Der aufgeweichte Boden unter ihm öffnete hungrig seinen Schlund und verschlang ihn genüsslich. Stück für Stück. Wenige Sekunden später war der Mayor Geschichte.

Die Blitze und Donner häuften sich; steuerten wie bei einem Feuerwerk auf das große Finale zu. Der Himmel erstrahlte in einem durchgehenden weißblauen Licht. Bis alles mit einem unerträglich lauten Knall endete.

Kein Wind.

Kein Regen.

Kein Sonnenlicht.

Kein Vogelgesang.

Nichts.

Die pure Stille.

Nach einer Weile ertönte eine unschuldige und liebevolle Kinderstimme, die bei jeder Mutter ein Lächeln hervorrief.

Vader Jacob! Vader Jacob!
Slaapt gij nog? Slaapt gij nog?
Alle klokken luiden! Alle klokken luiden!
Bim, bam, bom! Bim ... bam ... bom!

Silent Dog hatte das Spektakel aus der Entfernung beobachtet. Schweigend und äußerlich unberührt kehrte er in den dichten, weiten Wald zurück.

40

Samantha war froh, mit Luke jemanden gefunden zu haben, der ihr zuhörte, der mit ihr fühlte und ihr Glauben schenkte. Luke fiel das natürlich nicht schwer, schließlich war er bereits selbst ein Teil dieser unheimlichen Story; auch wenn er nicht wusste, wie er in diese bizarre Geschichte hineingerutscht war; und aus dieser wieder herauskam.

„Was ist mit den anderen Bewohnern und Gästen passiert?" Luke schaute aus dem Fenster. Sheriff Baker konnte jederzeit aus dem Wald zurückkehren.

„Von uns Bewohnern blieben nur die Wenigen zurück, die an Gott glaubten. Die Ungläubigen, die Bewohner mit einem anderen Glauben und unsere Gäste sind seitdem spurlos verschwunden."

„Wurden sie vom Teufel geschnappt?"

„Wir vermuten, dass die anderen Götter ihre Anhänger aus dem Streit zwischen dem Teufel und Gott heraushalten wollten. Wir, die geblieben waren, hatten weniger Glück. Ich weiß nicht, wie lange wir bereits auf derselben Stelle treten. Unsere harmonische Stadt hat sich in einen Ort des Leids und der Ausweglosigkeit gewandelt und verharrt seitdem in diesem Zustand. Jeder Tag gleicht dem anderen. Das ist der Grund, warum mein Dad täglich im Wald unterwegs ist. Er sucht einen Weg nach draußen, raus aus Hopeville."

Jetzt wurde Luke alles klar. Jetzt, wo er die Beweggründe des Sheriffs kannte, machte er sich Vorwürfe. Er war so sehr mit sich selbst beschäftigt gewesen, dass er die Sorgen und Hoffnungen der Bewohner übersehen hatte. Dies erklärte auch die emotionslosen Begrüßungen und die kurz angebundenen Begegnungen. Sie glaubten, dass er Janekes nächstes Opfer war. Wozu sich also mit dem Fremden beschäftigen?

Luke nahm Samanthas Hand. „Mrs. Spine sagte mir, dass Janeke mich nach Hause bringen kann. Wenn dem so ist, dann gibt es vielleicht für uns alle einen Weg von hier raus. Ich weiß, das klingt komisch, vor allem, wenn man bedenkt, dass Janeke mich bisher nur gefoltert hat."

„Er hat bisher nur Fremde getötet. Niemals jemanden von uns. Wir wussten nie, ob diese Menschen real waren oder Illusionen des Jungen."

„Die Opfer sind real. Wir fanden ihre Leichen überall in Maine verstreut. Die Taten schmücken ganze Titelblätter von Zeitungen."

Luke pausierte.

„Wie kommen die Menschen aus meiner Welt überhaupt hierher, wenn Hopeville 1892 verflucht und von der Außenwelt isoliert wurde? Wie kommt ihr an die Autos, Fernseher und Möbel heran, die zu einem späteren Zeitpunkt erfunden wurden?"

„Janeke kann sich zwischen den beiden Welten bewegen, so scheint es. Was ihn interessiert, nimmt er mit nach Hopeville. Egal, ob reale Dinge oder Ideen aus Zeitungen und Magazinen, die in den Autos der Opfer liegen. Was Janeke nicht will, nutzen wir. Und die Lebensmittel gehen uns nie aus; wie auch der Strom, der ist immer da. Als ob wir ein Teil seiner selbst geschaffenen Welt sind, in der alles unendlich vorhanden ist, in der es keinen Engpass gibt und indem wir irgendwie nicht altern."

Janeke holt sich sein Spielzeug von außen, nimmt es mit nach Hause, und wenn es kaputt ist, schmeißt er es weg. Und auch die Einwohner von Hopeville sind sein Vergnügen.

„Was hat es mit den Holzfällern und Fischern auf sich? Auch sie haben mich attackiert."

„Wenn ich das wüsste. Dass Janeke Bewohner aus Hopeville fremdsteuert, ist mir neu. Du bist das erste Opfer, das überlebt hat und davon erzählt."

„Warum habt ihr nie versucht, mit Janeke zu reden?"

„Weil er sich uns nie zeigt. Er hat es nur einmal getan, aber das ist lange her. Das war kurz nachdem der Fluch Hopeville ereilt hatte. Einige von uns hatten versucht, den Ort mit Kutschen und Pferden zu verlassen, scheiterten aber an einer unsichtbaren Mauer. Die Ersten fuhren ahnungslos in diese hinein und lösten sich unter höllischem Geschrei auf. Die Überlebenden erzählten später, dass der schwarze Schatten von Janeke dort gewesen sei und Vader Jacob gesungen habe. Wir können nicht fliehen, Luke. Wir sind gefangen."

„Janeke hat mich letzte Nacht im Wald attackiert. Der Wald nahm einfach kein Ende."

„Es ist ein Wunder, dass du noch lebst. Bleib einfach hier. Die anderen Bewohner werden dich irgendwann akzeptieren." Samantha zitterte und drückte Lukes Hand so fest, dass sie ihm schmerzte. Er sah, wie die Dinge, die in Hopeville geschahen, Samantha emotional mitnahmen, und akzeptierte den Schmerz.

„Selbst, wenn es eine Falle ist, ich muss zum Leuchtturm. Ich habe keine andere Wahl. Ich will zurück nach Hause."

„Geh nicht dorthin. Bitte!"

Luke löste sich aus Samanthas zittrigen Händen und ging nach draußen vor die Tür. Der Pick-up parkte unversehrt am Straßenrand. Keine Spur vom Zwischenfall mit dem Zug, der den Wagen eine Weile lang mitgeschliffen hatte. Luke musste an Stephen Kings *Christine* denken, ein roter Plymouth Fury, der sich von allein reparieren kann.

Die Sonne war fast hinter dem Horizont verschwunden. Der Leuchtturm hatte bereits seinen Dienst aufgenommen.

Dass es plötzlich geschneit hatte und der Schnee zentimeterhoch lag, wunderte ihn mittlerweile nicht mehr. Entweder hatte er über mehrere Wochen hinweg geschlafen beziehungsweise im Koma gelegen, oder ein kleiner Junge war dazu in der Lage, auch das Wetter zu manipulieren. Der Schnee knirschte unter Lukes nackten Füßen. Die Kälte ließ ihn umgehend ins Innere zurückkehren.

„Wenn die Menschen an Gott glauben oder gläubig waren, wo ist er denn jetzt?", fragte Luke „Warum hilft Gott euch nicht?"

„Wir wissen es nicht. Vielleicht, weil unser Glaube zu Gott ins Wanken geraten ist. Die meisten von uns haben den Glauben an ihn verloren. Bei meinem Dad war das der Fall, als meine Mutter starb und Mr. Mounte-Penny das *Heilige Experiment* für erfolgreich erklärte. Mein Vater hat den Plänen des Bürgermeisters von Anfang an misstraut. Auch Mrs. Spine hasst den Bürgermeister. Deswegen verstehen sich die beiden so gut. Priester Medley ist derzeit der Einzige in Hopeville, der den Glauben bedingungslos auslebt. Er betet täglich und hält regelmäßig Gottesdienste ab."

„Und du?"

„Meiner Meinung nach existiert Gott in unseren Handlungen. Das ist mein Glaube. Ich will die Hoffnung auf eine

Erlösung nicht aufgeben, auch wenn jede Hiobsbotschaft einen weiteren Rückschlag bedeutet."

Samantha schmiegte sich an Lukes Oberkörper. Ihr war bewusst, dass der geheimnisvolle Fremde nicht zu Hopeville gehörte. Er stammte aus einer anderen Welt, aus einer anderen Zeit; und sie kam aus Hopeville nicht heraus. Aber sie wollte dennoch in seiner Nähe sein. Er war ein aufrichtiger Mensch. Wie einst die Bewohner von Hopeville; wenn man die Zwischenfälle in den durchzechten Nächten außer Acht ließ. Nach dem Tag der Verdammnis aber verkam alles. Der Stolz verflog, und aus Vielfalt wurde einsame Monotonie.

„Lass uns noch etwas Zeit miteinander verbringen, bevor du gehst", sagte sie. Luke nahm sie in den Arm und streichelte ihr durch das Haar. Er hätte diesen Augenblick gern genossen, denn er hatte sich schon lange nicht mehr so zu jemandem hingezogen gefühlt, aber er war emotional taub. Dafür ratterte sein Kopf umso mehr. Was würde Victoria davon halten? Betrog er sie gerade, weil er eine andere Frau im Arm hatte? Was würde ihn am Leuchtturm erwarten? Würde Janeke ihm einen Weg nach Hause zeigen? Oder eher umbringen?

Er bat Samantha, in dieser Nacht vom Leuchtturm fernzubleiben. Sie musste es ihm sogar versprechen, was sie auch schweren Herzens tat.

„Hast du eine Jacke, die du mir leihen kannst?", fragte er noch, bevor sie für eine kurze Zeit ihre Zweisamkeit genossen. „Es ist verdammt kalt geworden."

41

Die Jacke war angenehm warm und für Luke eine Nummer zu groß. Sollte Mr. Baker ihn in dieser sehen, drohte ihm der elektrische Stuhl. Wobei das jetzt auch keine Rolle mehr spielte.

Der Schnee knirschte unter den Schuhen, die im jungfräulichen Weiß ihre Abdrücke hinterließen. Sein warmer Atem schwebte in der kalten Luft davon.

Mit dem Yankees-Cap auf dem Kopf und der Taschenlampe bewaffnet, wusste Luke nicht, was ihn am Leuchtturm erwartete. Den Baseballschläger mitzunehmen, war für ihn sinnbefreit. Janeke war zu stark, als dass ein Baseballschläger etwas ausrichtete. Zudem könnte der Schläger als mögliche Waffe Janeke unnötig provozieren. Der Wunsch nach Frieden bedurfte friedliche Wege.

Je mehr er sich dem Turm näherte, desto höher schlug sein Puls. Das leichte Wummern in seinen Ohren hatte dieselbe Frequenz wie die tosenden Wellen unterhalb der Klippen. Der Wind blies ihm ins Gesicht.

Seine Gedanken führten ihn zum ersten Teil der Horrorspielreihe *Silent Hill*, denn das eingeschneite und in Nebel eingehüllte Hopeville besaß die gleiche Atmosphäre wie im besagten Spiel. Und wie Luke muss der Protagonist des Spiels, der verwitwete Schriftsteller Harold „Harry" Manson, einem Mädchen auf der Straße ausweichen und überschlägt sich dabei mit dem Wagen. Als er wieder zu sich kommt, ist das mysteriöse Mädchen verschwunden. Genauso wie seine siebenjährige Tochter Cheryl, die auf dem Rücksitz gesessen hatte. Auch von ihr fehlt jede Spur. Die Suche nach ihr führt ihn (und Luke mit dem Controller vor dem Bildschirm sitzend) in die nächstgelegene Kleinstadt Silent Hill. Vollkommen in Nebel eingehüllt, kann man keinen Meter weit sehen. Der Ort wirkt wie eine Geisterstadt.

Die Bewohner sind allesamt verschwunden. Eben noch im Diner gesessen und einen Schluck Kaffee aus der Tasse genommen oder auf der Straße den Wagen geparkt und zum Aussteigen die Fahrertür geöffnet und dann ... Puff ... wie vom Erdboden verschwunden.

Und als sei dies nicht schon gruselig genug, so herrscht in der parallelen Version der Stadt der pure Horror. Die Gebäude sind dunkel und verfallen, die Metalle verrostet und die Gehölze morsch und verfault. Und die in der Finsternis lauernden Monster sind der wahre Albtraum; makaber und kafkaesk. Harald Manson hat nur eine Taschenlampe und ein tragbares Radio bei sich. Sobald sich etwas Unheimliches nähert, fängt das Radio an, zu krächzen und zu rauschen. Was bei Luke (vor der Konsole sitzend) immer für Gänsehautmomente gesorgt hatte.

Leider hatte Luke in Hopeville kein Radio dabei. Wenn dem so gewesen wäre, so hätte dieses angefangen zu Krächzen und ihn vor dem auftauchenden Umriss des dürren Gottesvertreters früh genug gewarnt. Doch es war zu spät, um sich zu verstecken. Zu spät, um irgendwo abzubiegen. Zu spät, um Mr. Medley in irgendeiner Weise aus dem Weg zu gehen. Der Typ hatte ihn gerade noch gefehlt. Ausgerechnet jetzt, wo er eine Uniformjacke des Sheriffs trug. Und genau auf diese schielte der Priester als Erstes.

„Guten Abend, Mr. Vremdalleen!"

„Guten Abend", erwiderte Luke, ohne anzuhalten. Was den Geistlichen dazu bewegte, Luke zu begleiten.

Sie stapften gemeinsam durch den Schnee. Ihre Schritte knirschten unharmonisch im Duett.

„Wo wollen Sie so spät noch hin, Mr. Vremdalleen?"

„Zu einem Date."

„Darf ich erfahren mit wem?"

„Dürfen Sie nicht."

„Ich bin nur an der Sicherheit …"

„… meiner Schafe interessiert. Ich weiß", sagte Luke, der an der nächsten Abbiegung abrupt stoppte. „Wenn Sie mich entschuldigen, ab hier gehe ich allein."

Luke verließ die Straße und schlug den Weg ein, der zum Leuchtturm führte. Priester Medley schaute dem Fremden in der Sheriffjacke stumm und fassungslos hinterher.

42

Wer auch immer den Leuchtturm aktiviert hatte, musste dorthin geflogen sein, denn im Schnee befanden sich keine Fußabdrücke oder Fahrrillen von Fahrzeugen. Das war schon irgendwie *spooky*. Luke suchte dennoch nach einer rationalen Erklärung. Der heftige Schneefall konnte die Spuren, sofern es welche gegeben hatte, mit neuem Schnee bedeckt haben. Oder der Leuchtturmwächter lebte in dem Anbau neben dem Turm, sodass es nie irgendwelche Fußspuren gegeben hatte. Die Möglichkeit, dass jemand direkt im Ort wohnte und den Leuchtturm per Fernbedienung eingeschaltet haben könnte, schloss Luke aus. In Hopeville gab es ja nicht einmal Internet und Handys. Oder war es einfach nur eine analoge Zeitschaltuhr? Letztendlich war es auch egal, wie der Leuchtturm sich aktiviert hatte, sodass Luke das Grübeln darüber einstellte. Er wollte nur einen Weg nach New York finden – ganz gleich, ob mit Logik, Wissenschaft, Magie oder Geistern –, um bei seinen Eltern nach dem Rechten zu sehen und bei Victoria anzurufen und mit ihr zu reden; falls sie am anderen Ende abnahm. Zunächst jedoch musste er das Treffen mit Janeke überstehen, sofern dieser sich zeigt.

Luke drehte sich mehrmals um und glaubte, keinen Verfolger hinter sich zu haben. Außer seinen eigenen Schritten hörte er keine weiteren im Schnee knirschen; und er sah auch keine weiteren Fußstapfen neben seinen. Aber das war kein Garant für Sicherheit. Aufgrund des dichten Nebels und des heftigen Schneefalls war Lukes Sicht stark eingeschränkt. Theoretisch konnte fünf Meter neben ihm eine Bedrohung stehen und ihn ohne Vorwarnung attackieren.

Am Leuchtturm angekommen, wurde er bereits erwartet. Zu seiner Verwunderung öffnete der Ureinwohner die Tür; bewaffnet mit einem doppelläufigen Gewehr.

„Aloha", begrüßte Luke ihn.

Silent Dog scannte ihn, dann winkte er ihn wortlos hinein und schloss hinter ihm die Tür. Die vier Dobermänner, die am Eingang auf dem Boden lagen, hoben ihre Köpfe und drehten ihre Ohren wie Empfangsschüsseln zur Geräuschquelle. Der Fremde strahlte für sie aber keine Gefahr aus, sodass sie ihre Köpfe wieder ablegten.

Luke und Silent Dog gelangten über die Wendeltreppe hinauf zur Galerie. Beim inneren Aufstieg hatte Luke seine Höhenangst im Griff, aber draußen auf der Empore, an der frischen Luft, wo das Licht des Leuchtturms seelenruhig über den Ozean wanderte, der heulende Wind wie eine unsichtbare Gestalt um ihn herum pfiff und den pulvrigen Schnee aufwirbelte, entfaltete seine Höhenangst ihre volle Kraft. Seine Arme umklammerten die Reling. Den berühmten „Schau-nicht-nach-unten!"-Blick ersparte er sich. Er wollte nicht wissen, wie tief es tatsächlich nach unten ging.

Der halbnackte Silent Dog blieb davon unbeeindruckt. Er verspürte weder Angst, noch fror er. Ebenso wenig wie Mrs. Spine, die Luke bereits erwartete.

„Sie sind gekommen", sagte sie und lächelte. Luke wusste nicht, ob sie sich freute, ihn zu sehen, oder ob sie den Fremden, der sich wie ein verängstigter Klammeraffe an der Reling festhielt, belustigend fand.

„Habe ich eine Wahl?", fragte Luke sichtlich gequält.

„Wir alle unterliegen der Kraft und Phantasie eines Jungen. Janeke mag Sie. Sie haben Spielzeug im Wagen. Das gefällt ihm."

Luke wunderte sich, warum Mrs. Spine ihn wieder siezte. Im Traum, in seiner Vision oder was auch immer das gewesen war, hatte sie ihn geduzt. Und warum erwähnte sie wieder sein Spielzeug, womit sie garantiert seine Baseballsachen meinte? Hatte er ein Déjà-vu?

„SPIELZEUG?", fragte Luke. „Der Junge hat mit mir gespielt, als sei ICH sein SPIELZEUG."

„Janeke muss wie jedes Kind Grenzen erfahren. Seine eigenen, die der Welt und die der einzelnen Dinge. Durch Luzifer sind seine Kräfte leider stärker und intensiver als bei normalen Kindern."

Luke vergaß seine Höhenangst für einen Moment und schaute Mrs. Spine fassungslos an. Jetzt, wo er zum Treffen erschienen war, erzählte sie ihm nichts Neues. Wollte sie ihren Sohn beschützen? Hatte sie den Fremden zum Leuchtturm gelockt, um diesem eine Falle zu stellen?

„Mr. Vremdalleen!", brüllte eine tiefe, feste Stimme von unten herauf. Der Schreihals trat dabei mehrmals wütend gegen die Eingangstür. „Ich weiß, dass Sie da oben sind! Kommen Sie auf der Stelle herrunter!"

„Der stand nicht auf der Gästeliste", fluchte Luke leise. Er musste nicht nach unten schauen, um zu wissen, wem die Stimme gehörte. Auch die anderen wussten, trotz des dichten Nebels, wer am Fuße des Leuchtturms stänkerte.

Der abgemagerte Gottesdiener hat mich also tatsächlich beim Gesetzeshüter verpetzt, dachte Luke.

Auf Mrs. Spines Stirn bildeten sich Sorgenfalten. In ihren Augen stand die Furcht. „Janeke reagiert auf Wut und Gebrüll aggressiv", sagte sie.

Luke musste handeln, und zwar schnell. Denn wenn sich die Mutter vor ihrem Kind fürchtete, waren sie alle in Gefahr. Gegen seine Höhenangst ankämpfend, löste er seine Hände von der Reling und ging leicht in die Knie, als hätte er auf diese Weise mehr Bodenhaftung, als könne er sich so gegen den heulenden Wind behaupten. Er ging auf die Tür zu, hinter der die Wendeltreppe nach unten führte. Im Turminneren nahm er anfänglich eine Stufe nach der anderen, ohne dabei in das offene Treppenauge in die Tiefe zu blicken. Dann wurde er mutiger, und seine Schritte schneller, je weiter er nach unten kam. Am Ende rannte er die Stufen förmlich hinunter.

Silent Dog, der Luke gefolgt war, zog am Ende der Treppe an ihm vorbei und öffnete geschwind die Tür. Die Dobermänner, die durch die hastigen Bewegungen aufgesprungen waren, stellten sich hinter Luke und Silent Dog auf und fletschten die Zähne.

„Seien Sie leise, Mr. Baker", flüsterte Luke und scannte die Umgebung nach möglichen Gefahren ab. „Ich will keinen Ärger haben. Weder mit Ihnen noch mit dem Jungen."

Er hatte den Sheriff noch nie so verärgert gesehen. Bei den bisherigen Begegnungen hatte dessen Stimme abgekämpft, müde und monoton geklungen; irgendwie in sich gekehrt. Was war der Auslöser? Hatte Priester Medley, der ebenfalls anwesend war und sich hinter dem Rücken des aufgebrachten Sheriffs versteckte, irgendeinen Mist erzählt?

„Den Ärger haben Sie bereits, Mister", sagte Mr. Baker und deutete auf die Uniformjacke, die Luke trug. Seine Stimme beruhigte sich zwar etwas, beinhaltete aber noch genügend Zorn. Er war über seinen Wutausbruch genauso überrascht, denn auch er wusste, dass sein Gebrüll Janeke anlocken konnte. Aber er hatte für diesen einen Augenblick seine Fassung verloren. Was seit einer Ewigkeit nicht mehr vorgekommen war, und dann ausgerechnet jetzt. Das lag an dem Fremden, der selbstbewusster war als die anderen, die zuvor in Hopeville gastiert hatten und von Janeke getötet worden waren. Und ausgerechnet in diesen Typen aus New York musste sich seine Tochter vergucken. Das war zu viel des Guten.

Luke zog an der Uniformjacke, die er trug. „Die Jacke ist eine freundliche Leihgabe gegen die Kälte. Ich habe nämlich nur Klamotten für einen Sommerurlaub dabei. Der Wintereinbruch kam sehr plötzlich, wissen Sie?"

„Woher haben Sie die Jacke? Und was machen Sie um diese Uhrzeit am Leuchtturm? Gemeinsam mit ihm?" Mr. Baker zeigte auf den Ureinwohner.

„Hat Ihnen Ihr kleiner Taschenhund denn nichts davon erzählt?"

„Das war nicht nett", erwiderte Priester Medley, der das kleine Kreuz Christi fest an seine Brust drückte.

„Stimmt", sagte Mr. Baker. „Das war wirklich nicht nett. Es gibt keinen Grund, unverschämt zu werden."

„Hopeville macht einen wütend und hilflos, Mr. Baker. Und weder Gott, noch der Pfarrer oder Sie waren mir bisher eine Hilfe."

Der Sheriff trat bis auf einen Schritt an Luke heran. Ihre Nasen berührten sich fast. „Sie sind der Ärger in Person. Seitdem Sie hier sind, stellen Sie uns dumme Fragen, flirten mit meiner Tochter und stehlen mir meine Uniform. Sie stellen meine Autorität in Frage."

Der Sheriff wollte gerade ein knurrendes Gesicht auflegen, als es in einem nahegelegenen Busch raschelte. Er zog seine Waffe, entsicherte sie und zielte auf diesen, während Luke ihm zur Seite stand und mit der Taschenlampe den Busch anleuchtete.

„Wer ist da?", fragte Mr. Baker. „Ich habe eine Waffe und keine Scheu, diese zu benutzen!"

43

Die Nerven lagen bei allen blank. Nicht nur, dass man sich gegenseitig zerfleischte, man war auch noch Gefahren und Bedrohungen ausgesetzt, die in der Dunkelheit darauf warteten, zuzuschlagen.

Wer lauerte im Gebüsch? War es Janeke? Ein Holzfäller? Ein Fischer? Oder wie beim letzten Mal: Bambi?

„Nicht schießen!", sagte eine weibliche Stimme.

Mr. Baker schloss erleichtert seine Augen, atmete tief durch und sicherte die Waffe, die dann locker in seiner Hand baumelte. Hätte er diese ohne Vorwarnung genutzt, wäre ein Teil von ihm verletzt worden; oder gar gestorben.

Samantha trat im Strahl der Taschenlampe aus dem Gebüsch hervor und stellte sich neben Luke, der sie perplex ansah. Sie hatte ihm doch versprochen, vom Leuchtturm fernzubleiben. Nun stand sie sprichwörtlich an seiner Seite, und nicht auf der ihres Vaters.

Mr. Baker gefiel das überhaupt nicht. Seine eigene Tochter! Er fasste sich irritiert an die Stirn und schob dabei ungewollt seinen Hut nach oben. „Hat er meine Dienstjacke etwa von dir?"

Samantha schwieg, aber ihr Blick sagte alles.

„Warum hast du das getan, Liebes?"

„Es ist nicht Luke, der uns terrorisiert. Er ist ein Opfer wie wir."

„Kommt zu mir rüber, damit ich Mr. Vremdalleen festnehmen und mit auf die Wache nehmen kann", bat er sie freundlich, doch Samantha dachte nicht daran, griff stattdessen nach Lukes Hand.

Sheriff Baker ballte zuerst seine Hände zu Fäusten, drückte diese mit aller Kraft zusammen, dann platzte seine Zündschnur. Er machte einen großen Satz nach vorn, packte seine Tochter am Arm und zog sie zu sich. Samantha schrie auf, aber nur kurz, denn auch sie wusste, dass ihr Geschrei Janekes Erscheinen heraufbeschwor. Das wollte sie vermeiden, und gab sich daher geschlagen. Mit der freien Hand durchfuhr sie ihr Haar und machte Luke mit einem Blick deutlich, dass sie sich für das Verhalten ihres Vaters entschuldigte.

Mrs. Spine, die nach wie vor nervös auf der Galerie stand, schüttelte ununterbrochen den Kopf. Der Wind, der um den Leuchtturm heulte, wurde stärker und heftiger.

„Nicht schreien", flüsterte sie. „Nicht schreien. Nicht schreien. Er mag es nicht, wenn man schreit."

Sie wollte nicht allein auf Gott vertrauen, sondern auch mit der Macht einer Mutter auf Janeke einreden. Da sie noch nie bei einem Angriff ihres Kindes dabei gewesen war, wusste sie nicht, wie Janeke auf sie reagieren würde. Wie stark seine Kräfte waren, und wie stark Luzifer ihn beeinflusste. Würde Janeke seine Mutter erkennen und von einem Angriff absehen?

Silent Dog stand besorgt in der Tür und scannte die Umgebung. Er war sich sicher, dass Janeke wegen der beiden Streithähne bereits auf dem Weg war.

Auch Priester Medley bekam kalte Füße. Gottes Beistand war schön und gut, aber es war vielleicht besser, sich in den Leuchtturm zurückzuziehen und die Wendeltreppe nach oben zu nehmen.

Mr. Baker dagegen hatte nur eine Bedrohung im Visier: den fremden Buchautor aus New York City. Das Klicken seiner Waffe signalisierte allen, dass er diese wieder entsichert hatte. Er wollte es ein für alle Mal beenden. „Wie ich bereits sagte, Mr. Vremdalleen. Die Waffe ist geladen!"

Ein tiefes Brummen, verborgen hinter der grauen Naturgardine, unterbrach die beiden Streithähne, gefolgt von Reifen, die über gefrorenen Schnee rollten und schlitterten.

Mr. Baker, der seine Tochter weiterhin fest am Arm hielt, starrte regungslos in die auftauchenden Scheinwerfer hinein, die zu einem pechschwarzen Ford Raptor gehörten. Dieser kam wenige Meter vor ihm zum Stehen. In der Fahrkabine und auf der Ladefläche saßen Holzfäller und Fischer; oder besser gesagt deren schattenartigen Ebenbilder mit pupillenlosen weißen Augen. Mit Kettensägen, Äxten und Speeren bewaffnet. Sie stiegen aus dem Fahrzeug oder sprangen von dessen Ladefläche herunter und umzingelten Luke, Samantha und Sheriff Baker.

Im dichten Nebel waren weitere Fahrzeuge zu hören.

Luke glaubte, dass es in einem so kleinen Ort wie Hopeville nie im Leben so viele Holzfäller und Fischer geben konnte. Selbst wenn die echten Fischer und Holzfäller – darunter auch Mr. Wooter – von Dämonen befallen waren, so mussten die anderen Holzfäller und Fischer eine Projektion von Janeke sein.

Mr. Baker ließ den Arm seiner Tochter unbewusst los, doch dann war sie es, die sich den Arm ihres Vaters krallte, diesen fest umklammerte und verängstigt um sich blickte. Überall wo man hinsah, waren Schatten, die wild durcheinanderschrien und lachten.

„Warum greifen die uns an, Dad? Das haben die noch nie

gemacht!"

„Gleich vorweg, Sheriff, ich habe nichts damit zu tun",
sagte Luke.

„Um Sie kümmere ich mich später, Mr. Vremdalleen. Sofern wir es hier heil herausschaffen sollten."

44

Überall in den Gebüschen raschelte es, was bedeutete, dass weitere Holzfäller und Fischer im Anmarsch waren.

„Was haben Sie angestellt, Mr. Vremdalleen?", fragte der Sheriff bissig. „Diese Wesen waren noch nie zuvor in unserer Stadt."

Die Schattenwesen ließen ihre Kettensägen ertönen und lachten dabei boshaft. Als sie zum Angriff ansetzten, fiel ein Schuss.

„Los! Rein in den Turm!", rief Silent Dog. Das doppelläufige Gewehr in seinen Händen qualmte.

Luke, Samantha und Mr. Baker ließen sich das nicht zweimal sagen und rannten umgehend in den Turm hinein. Warum der Ureinwohner ausgerechnet jetzt sein Schweigen brach, musste später geklärt werden. Sofern sie den Angriff überleben und die Gelegenheit dazu bekommen sollten.

Mr. Baker und Silent Dog blieben im Erdgeschoss stehen, drehten sich zur Tür und stellten sich nebeneinander auf. Dann zogen sie ihre Waffen und zielten auf die Schattenwesen. Luke unterstützte sie, indem er die Schattenwesen mit seiner Taschenlampe anstrahlte und so aus der Dunkelheit hervorholte. Samantha versteckte sich hinter dem Rücken ihres Vaters.

Die abgefeuerten Kugeln trafen die gewünschten Ziele. Die Getroffenen zuckten, manche fielen sogar zu Boden, aber sobald ein Schattenwesen getroffen wurde, standen die nächsten drei oder vier vor einem. Und die Gefallenen richteten sich schnell wieder auf.

Die Hunde verteidigten ihr Herrchen und sprangen die Schattenwesen an. Doch die Schattenwesen hatten für die Zähne der Dobermänner nur ein müdes Lächeln übrig. Sie verspürten nur ein leichtes Kitzeln; und schleuderten die Vierbeiner unbeeindruckt gegen die Wände des Turms.

Nach einigen Schüssen stellten Mr. Baker und Silent Dog das Feuer ein. Die Gegner schienen gegen die Munition immun zu sein, und selbst wenn nicht, die beiden Männer besaßen nicht über genügend Schuss, um alle Schattenwesen auszuschalten.

Der Boden unter ihnen fing an zu beben. Risse schossen wie Blutadern durch das Mauerwerk. Die Wände bröckelten. Luke, Samantha, Mr. Baker und Silent Dog mussten aus dem Leuchtturm fliehen. Aber die von Dämonen besessenen Holzfäller und Fischer versperrten ihnen den Weg nach draußen und drängten sie stattdessen zur Wendeltreppe. Ihnen blieb nur die Flucht nach oben.

Silent Dog und Luke standen der untersten Stufe der Wendeltreppe am nächsten und gingen zuerst hinauf. Samantha folgte ihnen. Mr. Baker hatte, als Letzter in der Reihe, das Pech, von einem Schattenwesen attackiert zu werden. Er stolperte und fiel auf eine Stufe, wodurch es einem der Holzfäller gelang, über ihn hinwegzuspringen und Samantha, die einige Stufen Vorsprung hatte, zu greifen. Sie versuchte, sich mit Tritten und Bissen aus den Fängen der Kreatur zu befreien. Und das Schattenwesen ließ auch von ihr ab, aber erst, nachdem es – vollkommen frustriert – sie über das Treppengeländer nach unten geworfen hatte. Sie landete im Erdgeschoss auf dem Boden und blieb regungslos liegen, wo sich ein Holzfällerschatten mit einer Axt auf sie stürzte.

Mr. Baker ballerte daraufhin wutentbrannt das gesamte Magazin seiner Waffe leer. Dabei hatten die vorherigen Schüsse doch bewiesen, dass dies die reinste Munitionsverschwendung war. Die Schüsse prallten vom Wesen wirkungslos ab. Aber er wollte seine Tochter um jeden Preis beschützen und sich später keine Vorwürfe machen müssen, nicht alles Mögliche unternommen zu haben.

Nachdem das gesamte Magazin leergeschossen war, löste er sich aus seinem Tunnelblick und sah, wie Silent Dog und Luke ihm den Rücken freihielten. Er hatte keine andere Wahl, als Samantha zurückzulassen und mit den anderen die wackelnde und ruckelnde Wendeltreppe nach oben zu gehen. Dabei wichen sie Trümmerteilen aus. Die meisten sausten knapp an ihnen vorbei; und die, die sie trafen, waren glücklicherweise zu klein, um sie ernsthaft zu verletzen. Und der dabei auftretende Schmerz wurde vom Überlebenstrieb kalt gestellt.

Erfreulicherweise konnten die Schattenwesen nicht fliegen, sodass auch sie dazu verdonnert waren, die Treppe zu nehmen. So musste man keinen Angriff von oben oder seitlich über das Auge befürchten.

Es sei denn, Janeke beschließt, den Schattenwesen das Fliegen beizubringen, dachte Luke. Als er schließlich die Tür zur Galerie erreichte und öffnete, tauchte wie aus dem Nichts ein Schatten aus dem Nebel hervor.

45

„Ducken Sie sich!", befahl der Sheriff, der seine ungeladene Waffe reflexartig auf den Schatten zielte. Und Luke gehorchte. Doch der Schatten griff nicht an, sondern zitierte zitternd und stotternd die Worte Gottes. Der wandernde Lichtstrahl des Leuchtturms entlarvte den Schatten schließlich als Priester Medley.

Mr. Baker senkte die Waffe.

Mrs. Spine flüsterte derweil apathisch schwer verständliche Worte. Ob sie zu Gott sprach oder versuchte, Janeke zu beruhigen, war unklar.

Silent Dog verriegelte die Tür, hinter der Gepolter, Tritte und kreischende Kettensägen zu hören waren. „Das wird sie nicht lange aufhalten."

Mr. Baker nutzte die Verschnaufpause dazu, seine Waffe nachzuladen. Er beabsichtigte, wieder hineinzugehen. „Wir müssen meine Tochter retten!", sagte er, doch Silent Dog stellte sich ihm demonstrativ in den Weg und blockierte die Tür.

„Lass mich durch. Ich habe meine Frau verloren, weil du mich damals zurückgehalten hast. Das lasse ich nicht noch einmal zu! Ich werde meine Tochter da rausholen!"

„Wir können nicht zurück", sagte Luke. „Das ist unser Untergang da drin." Der mögliche Verlust von Samantha schmerzte auch ihn. Seine Gefühle zu ihr waren stärker, als er sich eingestehen wollte. Er hätte sie gern unter anderen Umständen kennengelernt. Aufgrund seiner Höhenangst und dem langen freien Blick nach unten blieb er dieses Mal von der Reling fern. Wobei das jetzt keine Rolle mehr spielte. Der Turm drohte wegen der Erschütterungen in sich zusammenzufallen. Luke stand ein tiefer Fall in den Tod bevor, da war er sich sicher. Wobei die Zeit bis zum Aufschlag zu kurz wäre, als dass das Gehirn den Fall begreifen würde; und den Tod schon mal gar nicht.

Dass der Sheriff ihm jetzt gefährlich werden könnte, hatte er nicht auf dem Schirm, aber genau dieses Szenario trat ein. Denn für Mr. Baker wurde alles zu viel. Dieser wusste sich nicht anders zu verhelfen, als seine Wut zu bündeln und auf Luke zu entladen. Er packte ihn an der Uniformjacke und zerrte ihn ans Geländer, von dem Luke eigentlich fernbleiben wollte.

„Sie mieser …! Das ist alles Ihre Schuld. Sie haben die Dämonen auf uns gehetzt. Sie haben meine Tochter auf dem Gewissen!"

Luke wehrte sich nicht, hielt sich krampfhaft an der Reling fest, die genauso wackelte und ruckelte wie der gesamte Turm. Die ersten Schrauben am Geländer quietschten bereits und lockerten sich.

Silent Dog bekam nicht die Möglichkeit, dazwischen zu gehen und die beiden Streithähne voneinander zu trennen. Seine Aufmerksamkeit galt der Tür, hinter der sich die Kreaturen weiter zu schaffen machten. Die erste Kettensäge ragte bereits neben dem Knauf aus der Tür. Man konnte sie kreischen hören. „Gleich sind die Schatten durch!", sagte er und zielte mit dem Gewehr auf die Tür.

Stattdessen war es Mrs. Spine, die ihren Flüstermonolog unterbrach und sich zwischen Luke und dem Sheriff schob. Sie schaute Mr. Baker tief in die Augen und streichelte dessen Wangen. „Lass ihn los. Er ist unschuldig."

Mr. Baker wusste, dass er Samantha nicht zurückbekam, indem er den Fremden vom Leuchtturm stieß. Es war eben ein Impuls gewesen. Mal wieder. Er hatte sich einfach nicht mehr im Griff. Wann würde all das ein Ende nehmen? Er ließ Luke los und wich einen Schritt zurück.

Luke atmete erleichtert auf. Bevor er sich von der instabilen Reling entfernte, nahm er in den Scheinwerferkegeln der unten parkenden Fahrzeuge eine Schar von Schattenwesen wahr, die sich dem Leuchtturm näherten. Fluchtartig entfernte er sich von der Reling. Denn im Gegensatz zu den Schattenwesen im Turm hatten diese gelernt, den Turm hinaufzuklettern. Sie grölten und schrien so furchteinflößend, dass der tobende Ozean hinter dem dichten Nebel dagegen wahrhaftig paradiesisch klang.

Als die ersten Schattenwesen von unten die wackelige Reling erreichten, löste sich ein Teil davon. Die Wesen fielen mit den Teilen des Geländers in die Tiefe.

Die nachfolgenden Schattenwesen hingegen erreichten die Galerie mit Bravour. Und auch den Schattenwesen aus dem Turminneren gelang der Durchbruch. Die Tür ergab sich ihrem Schicksal. Sie sprang aus dem Rahmen und gab den Weg für die Schattenwesen frei. Sie waren nun überall.

Derweil wurde der Leuchtturm von den Rissen, die sich immer weiter ausbreiteten, zunehmend aufgefressen.

Jedem wurde bewusst, dass der Kampf nicht mehr zu gewinnen war. Luke fragte sich, wie es sich anfühlte, zu sterben. Was natürlich davon abhing, wie er starb. Doch zuvor beobachtete er, wie der Schatten eines Fischers Mr. Baker einen Schlag auf den Hinterkopf verpasste. Der Sheriff ging vor Schmerzen zu Boden.

Jetzt wissen Sie, wie ich mich gefühlt habe, Sheriff, dachte Luke.

Der Sheriff stand wieder auf. Der Schlag auf seinen Hinterkopf und das Ohnmachtsgefühl den Angreifern unterlegen zu sein, brachten das Fass zum Überlaufen. Übermannt von Wut, Frust und dem Verlust seiner Tochter raffte er sich auf und schoss wild um sich. Er feuerte das gesamte Magazin ab. Ganz gleich, wen er dabei traf. Der ganze Schei* war sowieso bald vorbei.

Die abgefeuerten Kugeln verschwanden ohne Feedback im dichten Nebel. Luke warf sich – trotz seiner Höhenangst – vor Mrs. Spine, um sie vor möglichen Blindgängern zu schützen. Sie beide fielen unsanft auf den harten Boden der wackelnden Galerie. Mrs. Spine stöhnte beim Aufprall auf. An ihrer rechten Schläfe tuckerte es. Sofort fuhr sie mit den Fingern an dieser entlang. Blut! An ihren Fingern klebte Blut! Sie ertastete ihre Schläfe erneut, und dann den ganzen Kopf. Dieser war noch ganz. Es war nur ein Streifschuss.

Ihrem Retter schien es dagegen schlimm erwischt zu haben. Er blieb neben ihr bewusstlos liegen. Sie öffnete seine Uniformjacke und sah überall Blut. Bei diesem Verlust war sein Tod gewiss.

„Janeke, hör auf!", schrie sie drauf los und begann zu weinen. „Er hat mir das Leben gerettet!"

Ihre aufgewühlte Stimme bewirkte Wunder. Die bebende Erde beruhigte sich, und die Risse hörten auf zu wandern. Die schwarzumrissenen Holzfäller und Fischer stellten ihre Angriffe ein und bildeten eine Gasse, die zur halbeingefallenen Reling führte.

Im grauen Nebel zeichnete sich ein heller Fleck ab, der in der Luft schwebte und auf den stark demolierten Leuchtturm zusteuerte. Er landete auf der Galerie (was von ihr noch übrig war) und verwandelte sich in die Gestalt eines Jungen mit pupillenlosen weißen Augen und zerrupften rotblonden Haaren.

Mrs. Spine sprach ihn mehrmals mit seinem Namen an, doch er ignorierte sie und marschierte direkt auf den Ordnungshüter zu. Mr. Bakers Gesicht lief farbig an. Eine unsichtbare Kraft drückte ihm die Kehle zu und hob ihn sodann in die Luft. Er rang um sein Leben.

Priester Medley betete mit gefalteten Händen seine verinnerlichten Texte in Trance herunter. Ob für sich selbst, für den Sheriff oder für alle konnte man aus dem Gemurmel nicht entnehmen.

Silent Dog nutzte den Moment und kniete sich zu Luke, dessen Kopf auf Mrs. Spines Schoss lag, und suchte nach einem Puls.

Er lebt!

Er zog ihm die Uniformjacke aus und den Pullover hoch und betrachtete die Wunde. Der Schuss war glatt durch die rechte Schulter gegangen, hatte dabei aber eine Arterie verletzt. Daher all das Blut. Luke müsste normalerweise längst tot sein.

Mr. Baker hing immer noch einige Meter oberhalb der Galerie in der Luft und gab gequälte Würgelaute von sich. Die unsichtbare Schlinge um seinen Hals zog sich weiter zu. Seine Füße zitterten unkontrolliert umher.

„Tu das nicht, Janeke!", flehte Mrs. Spine. Sie kämpfte um die Liebe ihres Sohnes und um das Leben des Sheriffs. „Bitte! Hör nicht auf den Teufel. Sei ein guter Junge."

Doch Janeke gehorchte nicht und beendete das, was er begonnen hatte. Er schleuderte den Sheriff, der dem Erstickungstod nahestand, in die unendlichen Weiten des Waldes. Den Aufprall durfte er nicht überlebt haben.

Erst jetzt widmete sich Janeke seiner weinenden Mutter, ging auf sie zu.

„Mein Kind. Warum tust du uns das an? Ich habe dich vor deinem Vater beschützt und dich nach Hopeville gebracht, damit du sicher bist. Werde nicht wie dein Vater, dieser Tyrann, mijn Jochie!"

Janeke blieb vor ihren Füßen stehen, sah sie mit seinen pupillenlosen weißen Augen an und lächelte. Nicht vor Freude, eher verlegen, ein wenig gequält. Man sah dem Kind an, wie dessen Gedanken und Emotionen wild durcheinanderwirbelten. Janeke versuchte offenbar zu verstehen, soweit ein Junge seines Alters das konnte, was vor sich ging. Warum seine Mutter wegen des Fremden weinte, und ob das Ganze doch kein Spiel war, sondern real. Wenn dem so war, war er dann ein Mörder? Waren durch seine Handlungen Menschen gestorben? So wie eben Mr. Baker?

Er kniete sich zu seiner Mutter herunter und lächelte jetzt breiter. Mrs. Spine glaubte, in Janekes weißen Augen Tränen zu erblicken. War die Liebe einer Mutter doch mächtiger als die Macht des Teufels alias Mr. Delaware?

Mrs. Spine umarmte Janeke und spürte ein letztes Mal die Liebe und Wärme ihres Jungen.

Silent Dog tat das, was er am besten konnte; er schwieg.

Und Priester Medley betete: „Möge der HERR …!"

Dann setzte sich der Selbststörmechanismus des Leuchtturms wieder in Gang. Die Risse schossen durch das Mauerwerk, wanderten umher. Die Glaswand, die das Leuchtfeuer von den äußeren Witterungen schützte, zerbarst. Die letzten Schrauben an der Reling lösten sich, und die Galerie brach in sich zusammen und stürzte in die Tiefe. Unter großem Getöse fiel alles in sich zusammen.

46

Lukes Schädel dröhnte. Er presste seine Augen mehrmals zusammen, um einen Druckausgleich zu bewirken. Er fühlte sich müde und gerädert; und zugleich wie neu geboren. Die Gerüche der feuchten Blätter in den Bäumen und des Nieselregens wirkten authentisch, keine Illusion. Und auch der nasse Rasen in seinem Gesicht fühlte sich echt an. War er tatsächlich noch am Leben?

Er stand vorsichtig auf und schaute um sich. Er befand sich im Grünen, jedoch fernab des Leuchtturms und des Ozeans. Diese waren nicht mehr zu sehen. Das Meeresrauschen war auch nicht mehr zu hören. Er fragte sich, ob er sich überhaupt noch in Hopeville befand.

Dann schimmerte etwas. Er hielt es anfangs für eine Fata Morgana, für ein Trugbild seines Gehirns. Er träumte doch nicht schon wieder, oder? War das tatsächlich die Route One, auf der er sich mit dem Wagen überschlagen hatte? Und war das da vorn wirklich sein Wagen, der am Straßenrand parkte? Der von Max geliehene Pick-up-Truck, der dem Original aus *Ein Colt für alle Fälle* ähnelte? Der Wagen hatte nicht einen einzigen Kratzer im Lack. Als sei dieser frisch vom Produktionsband gerollt.

Abgesehen von Luke war die Route One menschenleer. Kein Auto kam ihm entgegen. Kein Vogel, der in den Bäumen zwitscherte. Keine Laute von anderen tierischen Waldbewohnern. Nicht einmal der Wind meldete sich zu Wort.

Er schaute auf sich hinunter. Er trug seine eigenen Klamotten. Jene, bevor all das … Und auch die Wunden, die er sich in Hopeville zugezogen hatte, waren, wie schon beim nächtlichen Ausflug im kühlen Nass, auf mysteriöser Art und Weise verschwunden. Als wären sie nie dagewesen. Wie auch die Schusswunde, die Mr. Baker ihm auf der Galerie des Leuchtturms zugefügt hatte.

Überhaupt bekam Luke den Verdacht, dass alles, was in Hopeville geschehen war, nie stattgefunden hatte. Genauso wie der Unfall. Als sei er nur kurz aus dem Pick-up gestiegen, um sich am Waldesrand zu erleichtern. Eine Raststätte befand sich hier draußen ja nicht gleich um die Ecke.

Amüsiert fragte er sich, ob er beim Pinkeln an einem Baum eingeschlafen war und alles nur geträumt hatte. Dann würde er nie erfahren, wie der Traum zu Ende ging. Was aus Hopeville und Janekes Fluch wurde. Und was mit Samantha, Mrs. Spine, Priester Medley und Silent Dog geschah, nachdem der Leuchtturm in sich zusammengefallen war.

Wenn das alles nur ein Traum gewesen war, dann mussten seine Sachen noch im Wagen sein. Die Taschenlampe, die Baseballsachen, das Foto von Victoria … und *sein Handy!* Demnach müsste er auch Empfang haben; und diverse Kurznachrichten und Anrufe erhalten haben. Ganz bestimmt. Vielleicht auch von Victoria.

Doch auf dem halben Weg zum Truck blieb er stehen.

Es saß jemand auf dem Beifahrersitz.

Die Person bewegte weder den Oberkörper noch den Kopf, der zur Fahrerseite gedreht war. Sie verharrte in ihrer Position.

Luke näherte sich vorsichtig der Beifahrertür.

Eine Frau!

In seinem Auto?! Er konnte sich nicht daran erinnern, eine Anhalterin mitgenommen zu haben. Aber wie sonst sollte sie in seinen Wagen gekommen sein? Und warum bewegte sie sich nicht? Hoffentlich schlief sie nur und war nicht tot.

Er warf einen Blick hinein und fiel fast in Ohnmacht.

Das war unmöglich!

Das konnte nicht sein!

Er öffnete langsam und behutsam die Seitentür und kniete sich zu ihr. Äußere Verletzungen waren nicht zu erkennen. Als er ihren Puls am Hals prüfen wollte, drehte sie ihren Kopf zu ihm.

Samantha!

Sie schlief.

Erleichtert schaute er sie eine Zeit lang an. Dass sie in seinem Wagen saß, glich einem Wunder; oder einem Zauber.

Geht es jetzt endlich nach Hause?

Er schloss sanft die Beifahrertür, ging um die Motorhaube herum und öffnete auf der anderen Seite die Fahrertür. Auf dem Fahrersitz lag, neben seinem blauen Yankee-Cap und dem Handy, ein weißes Stück Papier. Darauf ein Bild, das scheinbar von einem Kleinkind gemalt worden war. Zumindest sahen die Figuren und die Landschaft danach aus. Im oberen Abschnitt zeigte es einen Jungen und dessen Mutter. Für Luke ganz klar: Janeke und Mrs. Spine. Auch wenn die Frau keine vertikale Narbe unter ihrem linken Auge hatte.

Neben den beiden standen Mr. Baker, erkennbar am Sheriffstern an der Uniform, und eine unbekannte Frau. Vermutlich die verstorbene Ehefrau, umgebracht vom Teufel alias Mr. Delaware, dem Postmann. Sie alle lachten glücklich vom Himmel herab.

Der Priester war natürlich auch dort oben und winkte dem Ureinwohner, der auf die Erde hinabstieg, von einer Wolke aus hinterher.

Auf dem unteren Teil des Bildes war eine furchteinflößende, teuflische Fratze zu sehen. An ihrer Seite ein beleibter Mann mit Zylinderhut, festgekettet in einer Zelle, umgeben von Magma. Der Mayor schien sein Dasein von nun an in der Hölle zu fristen.

Das hat man davon, wenn man einen Pakt mit dem Teufel schließt, dachte Luke.

In der Mitte des Bildes standen ein Mann und eine Frau händchenhaltend vor einem Haus mit Garten und lächelten. Der Mann hatte ein blaues Cap auf dem Kopf und einen Baseballschläger in seiner freien Hand. Die Frau trug ein T-Shirt mit der Aufschrift *Samantha*.

Luke fragte sich, was letztendlich zum Ende des Ganzen geführt hatte. War es Janeke, der sich schuldig fühlte, für das, was er den Opfern und den Bewohnern von Hopeville angetan hatte? Oder hatte Gott eingegriffen und den Fluch aufgehoben? Und wie war er selbst nach Hopeville gelangt; und wieder zurück auf die Route One?

Es war an ihm, in seinem nächsten Roman den für ihn vorstellbaren Ausgang aufzuschreiben. Das *Heilige Experiment* des Bürgermeisters war definitiv Geschichte. Und Hopeville dem Kinderbild nach wohl auch. Deswegen saß Samantha in seinem Pick-up-Truck.

Er prüfte kurz sein Handy. Es hatte Netz. Gott sei Dank. Wie erwartet, hatten sich seine Eltern und sein Kumpel Max bei ihm gemeldet. Selbst Lucienne hatte ihm eine Nachricht gesendet. Nur eine Person schwieg weiterhin. Aber das war ihm jetzt vollkommen egal. Diese Person sollte auf immer und ewig in der Wüste versauern.

Als Luke in den Pick-up einsteigen wollte, erklang eine Kinderstimme.

Vader Jacob! Vader Jacob!
Slaapt gij nog? Slaapt gij nog?
Alle klokken luiden! Alle klokken luiden!
Bim bam bom! Bim bam bom!

Janeke stand auf der gelben Mittellinie der Straße. Er trug eine blaue Latzhose und einen rotweiß gestreiften Pulli; die blonden Haare frisch gekämmt. Seine blauen Augen strahlten wie die eines fröhlich spielenden Kindes von nebenan. Er löste sich langsam auf und winkte Luke dabei glücklich zu. Der Gesang verstummte nach und nach.

Luke schüttelte amüsiert den Kopf. Er hatte doch nicht geträumt, und Janeke hatte sich wohlwollend von ihm verabschiedet. Im Wagen Platz genommen, richtete er den Rückspiegel neu aus. An diesem hing nicht mehr das Foto von Victoria, sondern eine Kette mit einem Seeadler-Medaillon.

Er sah zur tief schlafenden Samantha herüber. Jetzt war sie die Fremde, die sich in seiner Welt zurechtfinden musste; und er wollte ihr dabei helfen. Er wollte ihr sein Zuhause zeigen, das hoffentlich auch bald ihr Zuhause sein würde.

Jetzt ist es an der Zeit, nach Hause zu fahren. Zurück nach New York City.

Luke drehte den Zündschlüssel herum, und der Pick-up setzte sich in Bewegung. Aus dem offenen Seitenfenster dröhnte *Unknown Stuntman* von Lee Majors hinaus auf die einsame Route One.

I've never spent much time in school,
but I taught ladies plenty.
It's true I hire my body out for pay, hey, hey!
I've gotten burned over Cheryl Tiegs,
blown up over Rachel Welch,
but when I wind up in the hay,
it's only hay, hey, hey!
I might jump an open drawbridge,
or Tarzan from a vine,
'cause I'm the unknown stuntman,
that makes Eastwood look so fine

ENDE

www.jantrouw.de